전생부터 다시

홍성은 장편소설

FUSION FANTASTIC STORY

Re Pre Life

전생부터 다시 2

홍성은 장편소설

초판 1쇄 찍은 날 § 2017년 3월 20일
초판 1쇄 펴낸 날 § 2017년 3월 27일

지은이 § 홍성은
펴낸이 § 서경석

편집책임 § 이지연

펴낸곳 § 도서출판 청어람
등록번호 § 제387-1999-000006호
등록일자 § 1999. 5. 31
어람번호 § 제1-2658호

주소 § 경기도 부천시 부일로 483번길 40 서경B/D 3F (우) 14640
전화 § 032-656-4452 팩스 § 032-656-4453
http://www.chungeoram.com
E-mail § chungeorambook@daum.net

ISBN 979-11-04-91242-9 04810
ISBN 979-11-04-91240-5 (세트)

2

전생부터 다시

홍성은 장편소설

FUSION FANTASTIC STORY

Re Pre Life

도서출판 청어람

전생부터 다시

Re Pre Life

목차

8장
스승과 제자II

다음 순간, 화살이 빠른 속도로 날아갔다.

비록 조준이 어긋나 타겟을 크게 빗나가고는 말았지만, 베르테르의 얼굴에는 환희가 번졌다.

그럴 만도 했다.

태어나서 처음으로 마법이란 걸 써본 순간이다. 처음으로 자기 힘으로 돈을 번 것과 비견되고도 남을 만한 희열을 베르테르는 느끼고 있을 것이다.

"스, 스승님!"

베르테르는 울먹이는 목소리로 외쳤다.

"그래, 잘했다, 베르테르. 하지만 이걸로 만족하지 마라."

"네!"

"자, 그럼 다음, 알베르트."

"넵!"

알베르트는 기운차게 일어났지만, 로렌은 그가 성공해 낼 거라고 별로 생각하지 않았고 실제로 실패했다. 역시 아직은 조금 더 배우고 익힐 필요가 있었다.

알베르트는 베르테르와는 전혀 다른 이유로 울먹이기 시작했다. 로렌은 그의 어깨를 두들겨 주었다.

"네가 못난 것도, 재능이 없는 것도 아니다. 그저 베르테르가 좀 더 빨리 익혔을 뿐이야. 조급하게 마음을 먹지 마라."

알베르트는 뚝뚝 떨어지는 눈물을 소매로 닦으며 고개를 끄덕였다.

어느새 로렌과 같이 시간을 보낸 것도 한 달째인지라, 이제는 로렌의 손이 닿아도 움찔거리거나 두려워하지는 않았다.

문제는 샤를로테였다.

"샤를로테."

아무리 부드럽게 이름을 부른다 한들, 그녀는 여전히 움찔거렸다.

하지만 그렇다고 그녀에게 마법을 가르치지 않을 수도, 실습을 안 시킬 수도 없었다.

"일어서서 마법 화살을 구현해 보아라."

돌아오는 대답은 없었다. 당연했다. 그녀의 혀는 잘려 나간 채이니까.

마법사에게도 회복 능력은 있지만, 없는 걸 만들어낼 수는 없다. 애초에 마법사의 회복 주문은 파괴의 반대 효과를 구현화시킨 것이다. 파괴된 지 얼마 안 된 암석을 원래 모양으로 되돌릴 수는 있어도, 잘려 나간 지 오래인 혀를 재생시킬 수는 없었다.

어쨌든 바들바들 떨면서도, 샤를로테는 로렌의 말에 따라 자리에서 일어났다.

혀가 없기 때문에 소리를 내어서 주문을 외우지도 못한다. 하지만 그녀의 마법 서킷은 마법 화살 주문을 형성시키고, 마력은 힘차게 뿜어져 나가 서킷을 채웠다.

다음 순간, 피융, 하는 소리와 함께 마법 화살이 허공을 갈랐다.

그 화살은 타겟을 멋지게 맞혔다. 따악, 하는 경쾌한 소리가 주변에 울려 퍼졌다.

베르테르와 알베르트가 놀라 샤를로테를 쳐다보고 있었다.

그러나 그들과 반대로 로렌은 탄식했다.

"잘했다, 샤를로테."

이름을 불리자 다시 한 번 어깨를 떠는 그녀가 안쓰러웠다.

아니, 정확히는 안쓰럽기보다 아쉬웠다.

이 셋 중에서 마법에 대한 재능이 가장 뛰어난 건 샤를로테였다. 그런데 성격과 신체의 장애가 그녀의 발목을 잡고 있었다.

남작은 로어 엘프 20명을 추가로 구입해 순차적으로 보내주기로 약속했다.

그들 모두에게 로렌이 직접 엘프어와 엘프 문자, 마법을 가르칠 수는 없으니 로렌은 이들 최초의 제자 세 명에게 사범 역할을 맡길 생각이었다.

그런데 가장 뛰어난 제자인 샤를로테가 말을 못하고 성격적으로도 결함이 있어 사범 역할을 제대로 수행하지 못할 테니, 로렌의 입장에서는 아쉬울 따름이었다.

하긴 뛰어난 제자가 항상 좋은 스승이 되란 법도 없긴 하고 오히려 다소 재능이 떨어지는 이들이 더 좋은 스승이 되는 경우도 세상엔 널려 있지만, 그렇다 한들 아쉬운 건 아쉬웠다.

"잘 봤다. 각자 자신이 뭘 고쳐야 하고 어떻게 해야 더 잘할 수 있을지 알게 된 계기가 되었을 거라고 믿는다. 내일 수업에서는 그걸 피드백할 것이다."

로렌은 그렇게 오늘의 실습수업을 마쳤다.

9장
암살 모의

남작 후계 결정을 위한 모금도 이제 마감일까지 일주일도 채 남지 않았다.

　그레고리 남작은 매일매일이 행복한 듯 보였다. 모금액은 남작의 예상을 훌쩍 뛰어넘은 후에도 계속해서 쌓이고 있었다.

　이제는 오히려 투표권을 얻기 위한 모금 경쟁이 치열한 상태였고, 하이어드들은 거의 매일 남작가에 들리다시피 하며 자신의 순위를 확인해 댔다.

　로렌의 예상과 달랐던 점은 상위권 경쟁이 생각보다 치열하지 않다는 점이었다.

필란, 스웬, 로를웨, 이 세 사람이 최상위권이었는데, 셋 모두 딱 일만 크로네씩을 모금해 두고 더 이상 찾아오지 않았다.

"세 거두가 배후에서 뭔가 거래라도 했나 보지."

남작은 별것 아닌 듯 말했지만, 로렌은 내심 노심초사하고 있었다.

하이어드들의 욕망을 이용해 그들의 공고한 카르텔을 부수는 것이 로렌의 중요한 노림수 중 하나였다.

그런데 그 노림수가 무위로 돌아가기까지 앞으로 일주일밖에 남지 않았다.

물론 그 뒤에도 기회는 있다.

민주주의 따위는 경험도 못 해본 저들이 투표에서 이기기 위해 무슨 짓을 할까? 적어도 정정당당히 싸우지 않을 것임은 확실했다.

정정당당함의 기준조차 마련되어 있지 않은데, 무슨 수로 정정당당하게 싸울 수 있을까? 그런 건 불가능했다. 필시 서로 한 표라도 더 먹으려고 피 튀기는 암투를 벌일 것이다.

그러나 로렌은 그 과정에서 뭔가 더 얻어내길 바랐다. 아니, 뭔가라고 굳이 돌려 말할 것도 없다.

그 뭔가란 바로 돈이다.

셋이서 피 튀기게 싸우는 건 좋지만, 기왕이면 피 같은 돈을 미리 더 많이 뿌려주길 바랐다.

출혈경쟁으로 그들이 약해졌을 때 다른 누군가가 또 대두하고, 그럼으로써 하이어드 사회가 더 난장판이 되어야 했다.

그래야 그 사이를 마법이라는 무기를 든 새로운 세력인 로어 엘프가 섞여들고, 그렇게 뒤섞이면서 비로소 계급이라는 개념이 희박해질 테니까.

이대로 흘러간다면 그저 하이어드들이 세 갈래로 나뉘어 파벌을 형성할 뿐이었다. 그것도 그것대로 나쁘지는 않지만, 최고의 결과라고는 할 수 없었다.

어쩌다 한 명이 쭉 치고 나가고 다른 둘이 연합해 버린다는 최악의 결과로도 이어질 수 있으니, 이대로 상황이 끝나는 건 영 좋지 않았다.

'사실을 말하자면 아직 마음을 졸일 시기는 아니지.'

모금 기간은 일주일밖에 남지 않은 것이 아니다. 일주일이나 남은 것이다.

상대는 상인들이고, 일찍 손가락을 펴는 것이 경매에서 불리하게 작용한다는 것을 잘 아는 부류들이다. 레이스가 격렬해지는 건 마지막이 가까워질 순간이다. 로렌도 잘 알고 있었다.

그럼에도 불구하고 로렌이 이런 반응을 보이는 이유는 그 본인도 이 상황의 결말에 대해 확신하지 못하기 때문이었다.

직접 얼굴을 보기는커녕 역사서에 나오기나 했을까 싶은 하이어드들을 상대하는 건 로렌으로서도 골치가 아픈 일이었다. 상대가 어떻게 나올지 대충은 알겠지만 확신은 못 한다.

'나도 모르게 지난 생의 경험에 지나치게 의존하고 있는 것 같군.'

로렌은 그러한 결론에 도달하고 픽 한번 웃었다.

"뭐, 어떻게든 되겠지!"

목소리를 내어 그렇게 외치고는, 로렌은 기지개를 켰다.

*   *   *

필란, 스웬, 로를웨.

남부의 세 거두 하이어드들 중에서 가장 불안감을 느끼고 있는 이는 다름 아닌 필란이었다.

남작의 후계권에 대해 아무런 관심을 보이지 말자던 그들 간의 협정을 가장 먼저 부순 것도 필란이었다. 그가 가장 먼저 모금 기탁에 나섰다. 그 후에 스웬과 로를웨가 어떻게 알았는지 필란과 똑같은 금액을 남작에게 모금하고 온 것도 필란의 귀에 들어왔다.

그것은 꽤 위협적으로 느껴졌다.

세간에는 필란이 주로 취급하는 품목은 곡물이라고 알려져 있지만, 실상은 다르다. 그가 가장 자신 있게 취급하는 품목은 다름 아닌 정보다.

곡물의 가격은 매년 달라진다. 그 해에 풍년이 들지 흉년이 들지는 누구도 모른다.

지나치게 풍년이 들면 곡물값이 급락하거나 전쟁 등의 변수로 인해 수요가 급변하는 등, 뭣 모르고 뛰어들면 손해를 보기에 일쑤인 사업이다.

어떤 지역의 어떤 곡물이 풍년이고, 어떤 도시에 어떤 곡물이 많이 소비되는지, 전쟁을 준비하느라 곡물을 집중적으로 매입하는 귀족이 누군지에 대해 잘 알아야 이득을 볼 수 있다.

이러한 곡물 매매로 돈을 벌기 위해 가장 중요한 것이 정보라고 생각하게 된 건 필란에게 있어서는 필연에 가까웠다.

필란이 다루는 암살자들은 반드시 암살에만 투입되는 것이 아니다. 애초부터 암살이란 걸 성공시키기 위해서는 아주 많은 양의 정확한 정보가 필요하다. 암살 대상의 동선이나 취향, 인간관계 등을 파악해야 완전범죄가 가능하니 말이다.

필란은 이런 암살자들의 특성을 역으로 잡아, 아예 정보 수집에 특화시켰다. 그래서 필란의 암살자들은 기본적인 탐문 조사부터 시작해서 도청, 중요 문서의 탈취, 문서 위조와 거짓 정보 유포, 대중 선동에 이르기까지 다양한 역할을 수행하고 있다.

그 덕에 필란의 휘하 암살자 조직에는 암살자라는 이름에 걸맞지 않게 사람을 한 번도 죽여본 적이 없는 정보 분석 전문가까지 존재한다.

이렇게까지 시간과 노력, 자금을 들여 정보 취급에 특화시킨 휘하 조직까지 육성한 필란은 적어도 이 그레고리 남작령에서 자신보다 더 빠르고 정확하게 정보를 얻는 자는 없으리라고 자신하고 있었다.

불과 한 달 전까지만 해도 그랬다.

그런데 정작 뚜껑을 까놓고 보니 스웬과 로를웨가 보란 듯이 일만 크로네를 남작에게 모금하지 않았는가?

하필이면 필란이 모금한 금액과 완전히 같은 금액. 이건 우연이라고 볼 수가 없었다.

"정보가 샜어."

필란은 손톱을 씹으며 중얼거렸다.

"내 조직에 배신자가 있는 건가? 아니야, 애초에 남작가에 간 건 나 혼자였지. 그럼 남작이 다른 두 명에게 슬쩍 알려준 건가? 그 멍청이가 그런 발상을 할 리가 없어."

여러 가능성을 머리에 떠올려 보지만, 그 어떤 가능성도 느낌이 확 오지는 않았다.

"그럼 뭐지?"

이렇게 그냥 책상머리에 앉아 손톱이나 씹는다고 답이 떠오를 리 없음에도, 필란은 그러고 있었다. 이러고 있는 게 시간 낭비라는 걸 잘 알고 있음에도, 딱히 취할 수 있는 대응법이 떠오르질 않았다.

스웬과 로를웨에게 눈에 띄는 움직임은 보이지 않았다. 필란과 접촉하려고도 하지 않았다. 그들의 의도와 생각도 필란에게 있어선 오리무중이었다.

그게 불안해서 미칠 것 같았다. 모르는 게 있다. 파악하지 못한 게 있다. 지금의 이 상황 자체가 필란을 신경질적으로 만들어놓고 있었다.

"내가 먼저 접촉해 오는 걸 기다리는 건가? 변명거리는 많아. 우리 관계가 상하 관계인 것도 아니고, 대충 뭉개면 저들이 어쩌겠어?"

필란은 잘근잘근 씹던 손톱을 확 물어뜯었다. 퉤, 하고 손톱 조각을 뱉어버린 그는 손톱 끝에서 배어 나오기 시작한 피를 바라보았다.

로를웨가 땅을 처분하기 시작했다는 이야기가 들려왔다. 스웬도 손에 쥐고 있던 노예들을 시장에 풀어놓기 시작했다. 그 덕에 땅과 노예 가격이 떨어지기 시작했다.

평범하게 우수한 사업가라면 지금 이 타이밍을 놓치지 않고 그들이 팔아치운 땅과 노예를 사들여 차익을 낼 테지만, 상황이 상황이었다. 필란은 이 미끼를 덥석 물 수가 없었다.

로를웨와 필란이 땅과 노예를 판 건 현금을 쥐고 있기 위해서였다. 만약의 사태에 대비하기 위해서다. 선거 같은 건 해본 적도 없지만 필란도 멍청이는 아니다. 그 이후에 전개될 상황도 이미 분석이 끝난 상태였다.

선거가 시작되면 표를 돈으로 사서 던지는, 말 그대로 현금 전쟁이 일어날 것이다. 그리고 이 현금 전쟁에, 세 거두 중에서는 필란이 가장 취약했다.

곡물은 땅이나 노예만큼 아무 때나 아무렇게나 팔 수 있는 물건이 아니다. 굶주린 자가 많을수록 곡물의 가격은 오른다.

수요와 공급의 법칙. 그러니 곡물은 가을에 사서 봄에 판다. 곡물 거래에 있어서는 기본 중의 기본이라 할 수 있는 전략이었다.

가장 좋은 건 곡물을 잔뜩 쥐고 있을 때 전쟁이 나는 것이다.

농사를 지어야 할 장정들이 전쟁터로 내몰리면 곡물 생산량이 떨어진다. 공급만 떨어지는 게 아니라 수요도 오른다. 전쟁의 기본은 보급이며, 그러므로 용병대장부터 성과 영토를 지닌 군주들까지 곡식을 잔뜩 사 모은다.

이렇게 되면 자연히 곡물 가격이 오르게 된다.

발레리에 대공이 남작령을 노리고 있다는 정보는 이미 입수한 바였고, 라핀첼 소공녀가 남작령으로 오고 있다는 정보 또한 필란은 알고 있었다.

소공녀가 죽으면 그걸 빌미 삼아 발레리에 대공이 쳐들어올 것이다.

그러니 기왕이면 소공녀는 봄에 죽어주는 게 좋다. 그렇게해서 제때 전쟁이 나면 필란은 어마어마하게 큰 이익을 보게될 것이다.

소공녀야 언제든 암살할 수 있으니까, 확실하게 이득을 볼수 있겠다는 그런 계산을 밑바탕 삼아 필란은 있는 현금을다 들여다 곡식을 사 모은 참이었다.

그런데 이 곡식을 지금 푼다? 말도 안 된다. 그런 짓을 하면손해를 본다. 그리고 필란은 손해를 보는 것을 죽는 것보다싫어했다.

상대가 스웬이나 로를웨가 아니라면 모를까, 결국 현금 동원 능력으로 치면 세 거두 중에서는 필란이 최하위가 될 수밖에 없었다. 즉, 그의 선거 패배는 불을 보듯 뻔했다.

그렇게 해서 필란 자신이 아닌 누군가가 남작의 후계가 되면, 수평 관계였던 셋의 관계에도 변화가 생길 것이다. 그 누군가가 윗사람이 되어버릴 것이다.

필란은 이번에는 왼쪽 엄지의 손톱을 씹기 시작했다. 위장을 따로 꺼내다 불 위에 올려다 놓은 것처럼 그의 위는 지글지글거리고 있었다.

노크 소리가 들렸다.

"주인님."

필란은 흠, 하고 짧은 숨을 내쉬었다. 수하 앞에서 꼴불견을 보일 수야 없었다. 손수건을 들어 피가 난 오른쪽 엄지를 가리고, 숨을 고른 후 외쳤다.

"뭐냐?"

"델라크가 모습을 보였습니다."

기껏 안정시켰던 호흡이 다시 흐트러졌다. 헉, 헉, 하고 거친 숨이 저절로 새어 나왔다.

'델라크, 델라크!'

저 델라크라는 변수가 지금 그를 이 지경으로 몰아붙였다. 정확하게 말하자면 별로 그런 것도 아니지만, 적어도 필란은 그렇게 생각하고 있었다.

"죽일까요?"

그러나 문 너머의 목소리에 필란은 곧 다시 안정을 되찾았다.

'왜 이걸 떠올리지 못했을까? 죽여 버리면 그만인 것을.'

불안 요소 따윈 없애 버리면 그만이다. 이제까지 해왔던 대로 할 뿐이다.

"그래."

필란은 미소 지었다. 그는 이 순간을 좋아했다. 자신의 휘하 암살자에게 암살 명령을 내리는 순간, 그는 누군가의 생명을 좌지우지할 수 있다는 생각에 기분이 고양되고는 했다.

"죽여 버려."

수틀리면 스웬이든 로를웨든 죽여 버리면 그만이다. 이 그레고리 남작령에서 가장 유능한 암살자 집단을 소유한 게 누군가? 필란이다. 그림자 속에서 일어나는 조용한 전쟁이라면 이 지역에서 필란을 이길 자는 존재하지 않았다.

"반드시, 반드시 죽여 없애. 무슨 수를 쓰든 상관없어. 죽여 버려!"

필란은 거칠게 외쳤다. 거친 목소리를 토해내고 나자, 그의 마음속에는 안온함이 깃들었다.

"이제까지 왜 쓸데없이 고민을 했는지 모르겠군. 그냥 다 죽여 버리면 되는 건데."

지금 당장 수를 쓸 필요는 없었다. 아직 시간은 많이 남아 있었다. 설령 스웬이나 로를웨가 남작 후계로 선출되었다 하더라도, 그 뒤에 죽여도 된다.

괜히 송골송골 맺힌 이마의 땀을 닦아내며, 필란은 한숨을 내쉬었다. 그러고 나자 저절로 웃음이 새어 나왔다.

세상일이란 깨닫고 보면 간단한 법이다, 라고 필란은 착각했다.

*　　　　　*　　　　　*

세상일이란 쓸데없이 복잡하게 돌아가는 법이다. 로렌은 한탄하며 한숨을 내쉬었다.

델라크가 남작의 저택에 나타난 것은 오늘 오전의 일이었다. 모금 마감까지 닷새밖에 남지 않았다.

"내가 아직 늦지 않은 모양이로군."

"…그건 좀 애매하네요."

로렌은 애매한 미소를 띠었다.

남작의 저택으로 가는 마차 안이었다. 마침 탈란델에게 그랑 드워프의 각인에 대해 배우러 갔다가 돌아올 때 딱 마주쳤다. 굉장한 우연이었다.

그리고 행운이었다.

마부가 이쪽을 보고 있었다.

그러나 로렌과 눈이 마주치고, 급히 시선을 다시 앞으로 향했다. 그는 필란이 심어둔 첩자였다.

"그래, 나도 알아. 하지만 어쩌겠어?"

남작에게 마부의 정체에 대해 고했을 때, 남작은 그렇게 대답했다.

남작은 아직도 무기력하고 부정적인 인간이었다. 처음에 봤을 때와 비교해서 인상이 많이 바뀌기야 했지만, 여전히 주도적으로 움직이려는 기색은 보이지 않았다. 하기야 그러니 마법사라고는 하나 어린애인 로렌에게 휘둘려 주는 것이지만, 그게 항상 좋은 것만은 아니다.

어쨌든 그래서 남작도 로렌도 마부가 필란의 첩자임을 알고 있음에도 자르지 않았다. 그 덕분에 마부는 여전히 손님을 저택의 정문에서 본관까지 옮겨다 주는 일을 하고 있었다.

하이어드들이 워낙 자주 찾아와 다소 과중한 업무에 시달리고 있는 마부를 불쌍하다고 생각한 적은 단 한 번도 없었다.

날카로운 시선.

살기다.

위협적인 대상을 불쌍하다고 생각하는 것만큼 어리석은 일도 없다. 우리 안에 갇힌 굶주린 표범을 불쌍하다고 풀어주는 격이다.

로렌도 간이 주문을 미리 익혀두지 않았더라면 감히 이 마차에 올라타려고도 들지 않았을 것이다.

마부는 단순히 이야기를 엿듣고 그 내용을 필란에게 전하기만 하는 첩자가 아니었다. 오히려 첩자로 치면 능력이 매우 떨어지는 편에 속한다. 로렌에게조차 뒤를 밟혀 정체를 들킬 정도니 말이다.

물론 마부가 로렌을 그저 어린애라고만 생각하고 방심했을 뿐일지도 모르지만, 방심하지 않는 것도 실력이다.

반대로 로렌이 정말 열두 살 소년이었다면 마부의 정체에 대해 미처 간파하지 못했을 것이다.

하지만 그는 인생 두 번 분량의 경험치를 갖고 있다.

직감으로 먼저 의심하고, 그 손의 굳은살과 근육의 단련 정도를 보고 알아챘다.

마부의 손은 그런 식으로 굳은살이 박이지 않는다. 고삐를 쥐는데 왜 오른손 손아귀 안쪽에 굳은살이 박이겠는가. 그것은 칼을 잡는 자의 손이었다.

근지구력보다 순발력을 우선시하는 육체의 단련 상태 또한 그러했다. 칼을 딱 한 번, 많아야 열 번 이내로만 휘둘러 일을 끝내는 부류가 이런 식으로 단련한다.

병사나 전사라면 이런 식으로 몸을 단련하지 않는다. 몇 번 빨리 움직인다고 짧아도 일주일, 길면 몇 년씩이나 이어지는 전쟁에서 살아남을 수 있을 리가 없었다.

이 정보들을 종합해, 로렌이 내린 결론은 다음과 같다.

마부의 본직은 암살자다.

그리고 그는 오늘 본직의 일을 할 셈인 것 같았다. 살기를 풀풀 뿜어내며 타이밍을 재고 있었다. 엘프들은 선천적으로 이런 쪽의 직감이 부족한 건지, 델라크는 전혀 눈치채지 못하고 있었다.

암살 대상은 로렌이 아니면 델라크일 것이다. 로렌일 가능성은 아무래도 낮았으니, 델라크가 본래 목표일 터였다. 당연하게도 로렌의 입도 죽여서 다물리려 할 테니 어느 쪽이든 상관은 없었다.

저택까지는 앞으로 언덕 하나가 남았다. 만약 암살을 한다면 지금이 최적의 타이밍이었다.

'그냥 내 착각이라면 좋겠지만.'

로렌은 몸을 가볍게 긴장시키고 언제든 마법 서킷에 마력을 불어넣을 수 있도록 준비했다.

아니나 다를까, 마차가 멈췄다.

"뭐……."

델라크는 그 한 음절을 말하는 게 다였다. 로렌이 델라크의 멱살을 잡아다 마차 바닥에 메다꽂았다. 그의 정수리 위로 마부의 흉인이 스치고 지나갔다.

"엎드려 있어!"

로렌은 델라크에게 그렇게 외치고, 그 외침을 주문 삼아 간이 주문인 스터너를 날렸다.

펑!

"끅!"

스터너의 강렬한 전압이 마부를 덮쳤고, 그는 짧은 비명 소리와 함께 움직임을 멈췄다.

그제야 로렌도 칼을 빼어 들었다. 탈란델에게서 받은 각인 검이다.

그는 그 칼로 마부의 칼을 내리쳤다. 무장해제를 위해서였다. 마부가 마비가 되었다 한들 혹시나 마지막 발악으로 칼을 휘두를 수도 있고, 간혹 마비가 통하지 않는 상대도 있었기에 안전책을 취한 것이다.

깡!

각인검에 맞은 마부의 칼이 반으로 쪼개졌다.

'역시!'

로렌은 자신의 각인검을 내려다보았다. 소재 자체는 시대에 뒤떨어진 강철이지만, 각인의 힘으로 더해진 예리함과 강도는 다른 평범한 검에 비할 바가 못 됐다.

로렌은 몇 번 칼을 더 휘둘러 마부의 칼에서 칼날 부분을 다 날려 버렸다. 이렇게 막 다루는데도 칼날에 이 하나 빠지지 않으니, 더더욱 기분이 좋았다.

"무사하십니까? 델라크 씨."

로렌은 만족스러운 기분으로 칼을 칼집 안에 납도하고는 델라크를 일으켰다.

"뭐야, 뭐야?!"

델라크는 패닉에 잠겨 외쳤다.

"저야 남작님의 하인은 아닙니다만, 그래도 남작님의 저택 부지 안에서 이런 일을 겪으시게 해서 송구스럽군요. 암살자입니다."

"아? 아… 그렇군."

델라크는 상황 파악이 끝난 듯 그제야 안도의 한숨을 푹 내쉬었다.

"자네가 또 내 목숨을 살렸군. 고마우이."

"별말씀을."

로렌은 대충 대꾸하면서 아직도 끅끅대며 신음하는 마부의 몸을 뒤지기 시작했다. 혹시 증거가 될 만한 물건이 있는지 찾아본 것이지만, 그런 물건은 나오지 않았다. 로렌도 별 기대를 걸고 한 짓도 아니었다만, 그래도 맥이 빠지는 건 사실이었다.

이자가 필란이 보낸 첩자이자 암살자인 건 다 알고 있지만, 증거가 없으니 필란에게 가서 따질 수는 없었다. 나쁜 놈을 제압하긴 했는데 실제로는 해결되는 게 하나도 없다.

"이렇게 세상이 쓸데없이 복잡하게 돌아가니, 나쁜 놈은 나쁜 놈대로 활개치고 착한 사람들이 피해를 보지."

영화에서처럼 적을 죽이는 걸로 다 좋게 끝나면 좀 좋을까. 로렌은 한숨을 푹푹 내쉬었다.

*   *   *

"그런데 자네, 마법사였나?"

혹시나 싶어 신중을 기하기 위해 마부에게 다시 한 번 스터너를 쏘는 로렌을 보며, 델라크는 새삼스럽게 로렌에게 물었다.

"제가 괜히 발레리에 대공님의 소공녀 되시는 분을 주인으로 섬기고 있겠습니까?"

당연하지만 로렌의 마법 능력은 발레리에 대공과는 전혀 관계가 없었다.

그러나 로렌의 말을 들은 델라크는 '하긴 그렇겠지……' 그렇게 혼잣말을 하며 뭔가 상상의 나래를 펼치는 모양이었다. 그가 멋대로 상상한 거지, 로렌이 거짓말을 한 건 아니었다.

마부를 짐칸에 짐짝처럼 실어낸 후, 만약을 위해 로렌은 델라크를 마차 안이 아닌 앞 칸에 앉혔다. 옆에는 자신이 앉고 고삐를 쥐었다.

"허, 마법사를 실제로 보는 건 처음이로군. 그것도 인간에, 소년이라니."

엘리시온 왕국의 멸망 후, 승전국들은 엘프들의 힘을 빼놓기 위해 마법사 계급인 로어 엘프들을 모두 노예로 전락시키고 마법의 사용과 교육을 금지시켰다. 그 정책은 지나치리만큼 성공적이었다. 마법이란 게 정말로 이 세상에서 사라질 뻔했던 시기도 있었을 정도니.

하지만 몇몇 로어 엘프는 다른 계급의 엘프에게 비밀리에 마법을 팔아 살아남았고, 마법을 배운 엘프가 그걸 또 자손에게 전수시켰다.

그렇게 세월이 흐르고 엘프들도 인류 사회에 통합되면서 마법 금지 정책도 폐지되었다. 그 덕분에 마법이라는 힘은 소멸하지 않은 채 인류에게 남아 있을 수 있었다.

그렇다곤 해도 마법은 정말로 소멸할 뻔했던 힘이다. 그러니 델라크 정도로 돈을 벌어 출세한 하이어드가 마법사를 처음 본다고 해도 이상할 건 없었다.

"일단은 비밀로 해주십시오."

"흠, 그러지. 잠깐 그걸 내가 비밀로 한다고 무슨 이득이 있을까 싶긴 했지만, 자네의 호의를 얻는다는 괜찮은 이득이 있을 거 같으니."

역시 상인으로 성공한 자라 그런지, 델라크는 넌지시 그런 소릴 덧붙였다.

"네, 델라크 씨. 마음에 드네요."

로렌이 그렇게 대꾸하자, 델라크는 유쾌하게 껄껄 웃었다.

이게 그냥 농담으로 끝나는 이야기가 아닌 걸 로렌도 잘 알고 있었다. 델라크가 원하는 것은 발레리에 대공과의 연줄이다. 이번 남작의 후계 자리 선거조차 델라크의 야망에는 첫걸음에 지나지 않는다.

로렌과의 관계가 대공의 소공녀인 라푼젤과의 관계로 이어지고, 대공으로까지 이어질 수 있다고 생각하는 모양이었다. 가능성이야 낮겠지만 돈이 많이 드는 것도 아닌 투자다.

사실 상인들은 도박적인 선택을 피하는 게 옳다고 말하지만, 말은 그렇게 하는 주제에 꽤 도박을 많이 해대는 게 그들이기도 하다. 손해 볼 거 없는 도박인데 안 할 이유가 없다고 생각하는지도 모를 일이다.

'그렇다면 이걸 이용 안 할 이유도 없지.'

로렌은 빙그레 웃었다.

*　　　　*　　　　*

마차가 저택의 본관 대문 앞에 도착했다. 하인들을 불러 내기 전에, 로렌은 마부에게 세 발째의 스터너를 박아 넣었 다.

"우억! 컥!!"

마부는 눈꺼풀을 까뒤집으며 고통스러워했다. 아무래도 마 비 효과가 조금씩 떨어지는 것 같았기에, 로렌은 다음에는 전 압을 좀 더 높여야겠다고 생각했다.

델라크의 도움을 받아 마부를 짐칸에서 내리고, 로렌은 시 녀를 한 명 불러 마부를 묶고 옮기기 위해 하인들을 좀 불러 달라고 했다.

시녀는 눈을 크게 뜨며 놀랐지만, 로렌이 말한 대로 했다. 하인들 네 명이 우악스러운 손길로 마부를 붙들고 꽁꽁 묶은 후 어깨 위로 들어 올렸다.

"어떻게 할까요?"

하인들은 델라크에게 물었다.

그들은 마부가 어떻게 제압됐는지는 모르지만, 왜 제압됐는지는 델라크에게 들은 참이었다. 마부에게 죽을 뻔했던 건 델라크니, 마부를 어떻게 할 건지도 델라크에게 물어야 한다고 생각한 모양이었다.

"남작님께. 같이 뵙도록 하지."

델라크는 태연히 말했다.

"알겠습니다, 델라크 씨."

하인들은 마부를 번쩍 들어 옮기기 시작했다. 로렌과 델라크는 그 뒤를 따라 남작이 기다리는 응접실로 향했다.

"로렌! 어떻게 된 거야?"

남작이 응접실 바깥에까지 나와 로렌을 맞이했다.

"남작님, 간만에 뵙습니다."

무시당한 델라크가 별 불쾌한 기색도 보이지 않고 남작에게 인사를 건넸다. 그러자 남작은 깜박했다는 듯 델라크를 바라보았다.

"오, 이런. 손님이 계신데 내가 무례를 저질렀군. 들어오시게. 로렌도 함께."

하인들은 마부를 응접실 안에 내려놓고 떠났고, 이제 응접실 안에는 남작과 델라크, 마부와 로렌이 남아 있었다.

"내 저택 안에 암살자가 있었을 줄이야. 그것도 마부라니. 대단히 당황스럽군. 미안하네, 델라크. 다치지는 않았나?"

"괜찮습니다, 남작님. 남작님께서 절 죽이려고 하신 게 아니라는 걸 알고 있으니까요. 아, 다친 곳도 없습니다. 이게 다 로렌 덕분이지요."

"그건 불행 중 다행이로군. 내 저택 안에서 희생자가 생기는 불상사를 피한 것도 다행이지만, 무엇보다 자네가 죽지 않은 게 다행이네."

그렇게 말하던 남작은 문득 로렌에게 시선을 주었다.

"그대가 활약해 준 모양이로군. 고맙네, 로렌. 그대에게는 아무리 감사해도 모자라겠어."

"별말씀을."

로렌은 짧게 치하의 말을 받아넘기고, 시선을 마부 쪽으로 향했다. 자연히 남작과 델라크의 시선도 마부를 향했다. 마부의 마비가 슬슬 풀릴 때가 되었다.

"선물을 풀어보는 기분이로군."

문득 남작이 그런 말을 했다. 그러자 마부의 입에서 피가 흘러나오기 시작했다. 그 피가 검은빛으로 변해가는 걸 보니, 입안에 미리 넣어둔 독이라도 씹은 모양이었다.

"유료입니다, 남작님."

로렌은 그렇게 말하며 마부에게 회복 마법을 써주었다. 그러자 마부의 입에서 '끅! 윽!!' 하는 고통스러운 신음 소리가 새어 나왔다. 마법이 독을 해독하지는 못하지만, 떨어지는 생명력을 회복시킬 수는 있었기 때문에 마부는 고통에 떨면서도 죽지는 못했다.

"이거야 원, 고문하는 것 같군요."

로렌은 쓴웃음을 지으며 말했다.

"난 고문할 생각이 없었는데 말이야."

그러자 남작은 곤란한 듯 대꾸했다. 결국 마부는 자해를 포기하고 독 캡슐을 퉤, 하고 뱉어내었다. 어찌나 강한 독인지, 캡슐에서 흘러나온 액체가 응접실의 카펫을 녹이고 있었다.

"당신을 고문하려면 이걸 다시 당신 입안에 넣으면 되겠네요."

독 캡슐을 무심히 바라보며 로렌이 한 말에 마부는 움찔 몸을 굳혔다. 마비가 끝날 때마다 자비심 없이 스터너를 펑펑 박아 넣었던 기억 때문인지, 마부는 로렌이 정말로 자신을 고문할지도 모른다고 생각하는 모양이었다.

잠깐 보인 마부의 빈틈을 놓치지 않고, 그 사이로 남작의 말이 날아들었다.

"자, 네 배후가 내가 아니라는 걸 델라크에게 증언해 줘야겠어. 덤으로 네 진짜 배후를 밝혀주면 더욱 좋겠지."

"……."

"묵비권을 행사하겠다? 그것도 괜찮겠지."

남작은 가죽 장갑을 착용했다. 그리고 허리를 숙여서 독 캡슐을 주워 들려고 했다.

"제, 제 주인입니다."

그러자 마부의 입에서 그런 말이 흘러나왔다.

"네 주인이란 게 누구지? 설마 나라고 하려는 건 아니겠지?"

"아닙니다, 남작님! 제 주인은……."

다음 순간, 번쩍하는 섬광이 빛나고 천정에서 뭐가 쿵, 하고 떨어졌다. 번쩍하는 섬광은 로렌이 뿜어낸 스터너 마법의 잔광이었고, 떨어진 건 거기에 맞은 사람이었다.

"침입자입니다."

로렌이 말했다. 침입자의 정체를 확인한 남작은 투덜거렸다.

"응접실 공사를 다시 해야 하나? 어디서 바퀴벌레처럼 기어들어온 거야?"

떨어진 사람의 정체는 불과 몇 분 전에 마부를 여기까지 옮겨왔던 하인이었다.

손에는 단검이 들려 있었지만, 제대로 휘두르지는 못했다. 낙법도 치지 못하고 떨어진 거라 어디 부러지지나 않았다면 다행일 터였다.

"아주 엉망진창이로군. 필란이 자네를 반드시 죽여야 한다고 명령이라도 내린 건가? 이렇게까지 대놓고 저지른 적은 아직 없었는데."

그렇게 투덜거리는 남작의 미간에는 주름이 가득했다.

"알고 계셨습니까?"

남작의 투덜거림을 듣고 있던 델라크가 문득 놀라 물었다. 그 물음에 남작은 혀를 차며 대꾸했다.

"증거가 없으니 알고 있다고 할 수 없지. 이거야 원, 자네도 자넬 죽이려 한 자가 누군지 대충 짐작하고 있었던 모양이로군?"

"네, 그거야 뭐… 저도 증거는 없고 심증뿐입니다만."

델라크의 대답을 들으며 불쾌한 듯 하인을 내려다보던 남작은 로렌에게 시선을 옮기며 활짝 웃었다.

"로렌, 또 그대가 활약할 기회를 주고 말았군! 잘해줬어. 고맙네!"

"별말씀을. 그리고 억지로 웃으실 필요도 없습니다."

"그래……."

남작은 하아, 하고 긴 한숨을 토해내었다.

"최악의 기분이로군. 이렇게까지 무시당할 줄은 상상도 못했어."

그렇게 한탄하던 남작의 시선이 문득 날카로워졌다. 그 시선의 끝에는 당연히도 마부가 놓여 있었다.

"살해당할 뻔했던 기분은 어떤가?"

"나, 남작님⋯⋯."

마부의 눈동자는 목소리와 마찬가지로 흔들리고 있었다. 자해에 실패하자 마비되었던 인간성이 돌아오기라도 한 걸까? 로렌은 별로 궁금하게 여기지 않았다.

"하기야 어차피 자해하려고 한 몸인데 어찌 죽든 상관없었겠군."

남작의 음울한 말에, 마부는 문득 뭔가를 결심하기라도 한 듯 눈빛이 바뀌었다.

"하이어드 필란입니다."

"뭐?"

"절 고용한 제 주인은 하이어드 필란입니다."

마부의 답을 들은 남작은 로렌에게 시선을 던졌다. 로렌은 고개를 끄덕였다. 둘 사이에 오간 미묘한 눈빛의 의미를 아는 사람은 두 사람밖에 없었다.

남작은 큰 소리로 한바탕 웃었다. 그 웃음소리에 놀라 마부는 움찔 표정을 굳혔다.

남작의 웃음소리가 길게 이어지지는 않았다. 웃음을 뚝 그친 남작은 웃음기라곤 조금도 섞이지 않은 목소리로 이렇게 말했다.

"거짓말 말게. 내가 원하는 대답을 들려줌으로써 환심을 사고 이 상황을 빠져나가려는 생각이라면 그만두게. 필란이 부리는 하수인들은 필란의 얼굴조차 못 봤고, 자신을 고용한 자가 필란이라는 것도 몰라."

진실을 꿰뚫린 마부는 숨조차 멈춘 채 남작을 뚫어져라 쳐다보았다. 남작은 그런 마부를 비웃었다.

"'이 멍청이가 웬일이지?' 그런 생각을 하는 표정이로군. 마부야, 마부야. 이름도 모르는 마부야. 내가 그 노회한 늙은이들과 몇 년을 구르면서 살아왔다고 생각하는 게냐? 답은 태어났을 때부터다. 아무리 멍청해도 그 정도 세월을 경험하면 그치들의 수법마저 모를 리는 없지."

남작은 또 한 번 긴 한숨을 토했다.

"진실을 말해. 널 고용한 자가 누군지 말이야."

"…살, 려주십시오, 남작님."

진실을 말하는 것이 그리도 두려운지, 마부는 울먹거리기까지 시작했다. 마부의 반응에 남작은 딱하게 보였는지 그 자리에 주저앉아 마부의 어깨에 손을 올리며 위로했다.

"이 사람아, 자넨 이미 죽은 목숨일세."

그런데 그렇게 튀어나온 위로의 말이 영 아니었다.

"그러니 얼른 말하게. 제 배후는 '오크의 피'입니다, 하고 말일세."

"……! 그, 그걸 어떻게?!"

"맞았군."

남작이 비릿하게 웃었다. 그리고 이렇게 마무리했다.

"역시 배후는 필란이었어."

10장
배신과 모략

며칠 전의 일이었다.

마부가 누구와 접선했는지 직접 목격하고 온 로렌이 접선자들의 정체에 대해 남작에게 말해주었다. 그러자 남작은 이렇게 반응했다.

"마부마저 필란의 첩자였는가!"

남작의 말에 로렌도 놀랐다.

"거기에서 하이어드 필란의 이름이 왜 나옵니까?"

"그대가 말한 '오크의 피'라는 주점은 필란의 소유일세. 물증이라고는 하나도 없지만, 난 알고 있지. 내 하인이나 시녀들 중에도 '오크의 피'와 연을 가진 자들이 많고, 시험 삼아 그들을 통해 흘린 정보가 필란의 귀에 들어간 걸 확인했네."

그렇다면 정황증거는 확실하다는 이야기다. 그 말을 들은 로렌은 얼굴에 핏기가 싹 가셨다.

"어… 남작님의 하인들 중에 암살자가 그렇게 많은 줄은 몰랐군요."

"암살자?"

이번에는 남작의 얼굴에 핏기가 가실 차례였다.

들어보니 남작은 마부가 첩자였는지는 몰랐던 모양이었다. 그래서 암살자일지도 모른다는 로렌의 말을 듣고 대경실색했다.

"정말 모르셨습니까?"

"그래. 하지만 다른 하인들은 암살자가 아닐걸세. …아니겠지?"

남작은 불안한 듯 한쪽 눈꼬리를 파르르 떨면서 고개를 갸웃거렸다.

꽤나 얼빠져 보이는 모습이다. 이런데도 자신의 저택에 숨어들어 있는 첩자들에게서 이어진 끈의 끝이 필란에게 닿아 있음은 간파하고 있으니, 이 인간도 꽤나 언밸런스한 인간이다.

"어째서 필란의 암살자를 마부로 두고 계신 겁니까?"

"그거야… 몰랐기 때문일세."

"그건 들었습니다."

그러니 다른 변명을 말하라. 로렌은 그렇게 종용하지는 않았다. 그럴 처지도 아니었다. 하지만 남작은 로렌의 의중을 눈치챈 듯, 몇 년은 늙은 것 같은 표정으로 한숨을 푹 내쉬었다.

"정말로 몰랐기 때문일세. 그땐 저들이 내게 무슨 짓을 하려는지 모르고, 그저 추천해 주는 대로 하인들과 시녀들을 고용했지. 내가 알아볼 생각도 하지 않고 말일세."

"저들이란 건……."

"필란, 로를웨, 스웬일세. 세 거두지. 그중에서 필란이 가장 적극적이었네. …마부는 내가 직접 알아보고 고용했네만, 그마저도 필란의 끈이 닿아 있는 줄은 몰랐어."

로렌은 굳은 얼굴로 남작을 바라보다가, 결연히 말했다.

"전부 내치십시오."

"그럴 수 없네."

남작은 예상했다는 듯 대답했다.

"아무리 귀족이라도 아무 이유 없이 사람을 자를 수는 없네. 아니, 오히려 귀족이기에 그렇지. 그대는 쓸데없는 자존심이라고 힐지도 모르겠네만……."

정말 쓸데없는 자존심이라고 생각은 하지만, 남작은 이것만
은 양보할 수 없다는 태도를 분명히 하고 있었다. 그런 남작
에게 로렌이 아무 이유 없이 그냥 자르라고 충동질을 할 수는
없었다. 그러므로 그는 이렇게 말했다.

"증거가 없으면 만들어야죠."

"날조하자는 건가?"

왜 가장 먼저 나오는 말이 날조인지는 모르겠지만, 로렌
은 굳이 궁금증을 털어놓지는 않고 고개를 저으며 대꾸했
다.

"아뇨. 증인도 증거에 포함되지 않습니까? 암살자를 이 저택
에 보낸 이유는 암살을 시키려고 그러는 걸 겁니다."

"날 죽이려고?!"

다시 한 번 크게 놀란 남작을 로렌이 달랬다.

"아무리 필란이라도 이런 민감한 시기에, 대공의 소공녀가
손님으로 와 계신 이때에 극단적인 짓을 저지르진 않을 겁니
다. 목표물은 아마도 남작의 손님으로 방문하는 하이어드들
중 하나일 가능성이 높습니다."

로렌의 말을 들은 남작은 조용한 시선을 그에게 던지더니,
한층 가라앉은 목소리로 말했다.

"…계속 말해보게."

"그때 사로잡아서 고문이든 뭐든 해서 증언을 얻어내면 됩

니다. 그 암살자가 배후를 밝히면 그 배후를 말살하면서 그들의 끈이 닿은 사용인들을 저택에서 일소하면 되겠죠."

로렌의 말을 들은 남작은 끄응, 하는 신음 소리를 냈다.

"하지만 로렌, 그대가 아는지 모르겠네만 암살자는 암살에 성공하든 실패하든 임무를 마치면 달아나네. 붙잡히면 자해해 죽고. 그런 놈들에게 증언을 얻어낼 수 있을까?"

남작의 그런 걱정스러운 발언에, 로렌은 웃으며 대꾸했다.

"남작님께서 아실지 모르겠습니다만 남작님, 전 마법사입니다."

꽤나 건방진 발언이었지만, 로렌의 말을 들은 남작은 안도하며 웃었다.

*　　　　*　　　　*

델라크에겐 미안한 이야기지만, 그는 괜찮은 미끼가 된 셈이다. 어쨌든 이로써 남작은 증인을 손에 넣었다.

물론 하이어드 필란이 암살자를 남작의 저택에 잠입시켰다는 증언은 근거가 없다. 법정에 내세워도 아무런 의미가 없을 것이다. 증거가 없기 때문이다.

애초에 남작보다 세 거두의 위상이 높은 남작령에서는 법정 싸움이 의미가 없다. 사실 중앙정부의 행정력이 미치지 않는 이 변경 지역에서는 법정 그 자체가 별 의미가 없기도 하고.

하지만 '오크의 피'는 다르다. 아무리 남작에게 간파당한 상태라지만 대외적으로 '오크의 피'는 필란과 아무런 관계가 없고, 그러므로 필란도 적극적으로 대응할 수 없다. 남작이 적절한 증인을 확보한 이상, 더 이상 대놓고 방패막이를 해줄 수가 없다는 뜻이다.

이 일로 필란까지 엮어 처분할 수 없는 건 안타깝지만, 어차피 필란의 부정을 밝혀낸다 한들 남작이 필란을 처분하는 건 불가능하다. 저택의 첩자들을 일소하고 필란의 수족인 조직 하나를 끊어내는 것으로 만족해야 했다.

로렌은 마부에게 다시 한 번 스터너를 쏴 넣어 마비시킨 후, 이번에는 마부를 마무리하러 들어왔던 하인을 내려다보았다.

"증인이 두 사람이나 필요하지는 않으실 텐데, 이 사람은 그냥 죽일까요?"

하인의 몸이 움찔 떨린 걸 보니, 마비는 이미 풀렸고 도망칠 기회를 노리며 조용히 있었던 것 같았다.

"증인은 많을수록 좋지. 증인이 아니라면 필요 없지만."

"사사사, 살려주십시오! 남작님!!"

하인은 조심스럽게 몸을 일으켜 그 자리에서 무릎을 꿇고 이마를 땅에 박으며 외쳤다. 그런 하인을 내려다보며, 남작은 심드렁하니 대꾸했다.

"자네는 바로 자결하려 들지 않는군? 따로 고문하기 귀찮은데. 자결해 주지 않겠나?"

남작의 연기력도 상당한 수준인지, 그의 말을 들은 하인의 몸이 바들바들 떨리기 시작했다.

하기야 마부가 자결하려다 어떤 꼴을 당했는지 봤는데, 입안에 있을 독 캡슐을 깨물긴 싫을 터였다.

"뭐든 털어놓겠습니다!!"

결국 하인은 항복 선언을 했다. 이로써 증인은 둘이 되었다.

"여러모로 미안하군, 델라크. 오늘은 좀 바빠질 것 같아."

하인의 증언도 받아낸 후, 남작은 델라크를 돌아보며 미안한 듯 말했다. 그러자 델라크는 손을 내저으며 대답했다.

"괜찮습니다, 남작님. 이 일은 제 목숨과도 긴밀한 관련이 있으니까요. 제가 도울 게 있다면 뭐든 말씀해 주십시오."

그건 바라던 바였다. 로렌이 지은 회심의 미소는 델라크에게 보이지 않았겠지만, 남작에게는 보였을 터였다. 그리고 남작에게는 그게 일종의 신호가 되기도 했다.

"흠, 그럼 미안하네만 자네의 용병들을 좀 빌려주지 않겠니?"

아니나 다를까, 남작은 로렌과 사전에 꾸며둔 대사를 적절히 꺼내주었다.

필란 본인을 칠 수는 없다 한들, 하위 조직 하나 깨는 데 그렇게 많은 병력이 필요하지도 않았다. 그런 의미에서는 델라크는 참 적절한 인선이었다.

"여부가 있겠습니까!"

그리고 델라크는 로렌의 예상대로 대답해 주었다. 하기야 델라크라도 필란에게 원한이 없을 리는 없었다. 사업상의 라이벌인 건 둘째 치고, 오늘 날아갈 뻔했던 목은 그의 목이었으니.

*　　　*　　　*

시간을 오래 끌 이유는 없었다. 사실 끌어서도 안 됐고. 남작과 델라크, 로렌은 바로 저택에서 나가 델라크의 용병 사무실로 간 뒤, 당장 동원할 수 있는 용병들을 모조리 끌어모았다.

그리고 그 용병들을 기습적으로 들이쳐 필란의 하부 암살자 조직인 '오크의 피'를 궤멸시켰다. 술집으로 위장되어 있던 본거지에는 병력이 얼마 없었다. 아무리 정보 조직이라 한들 남작의 행동이 워낙 빨랐기에 미처 대비하지 못한 탓이었다.

게다가 암살자란 것들은 기본적으로 정면충돌에 약하다. 그래서 제대로 된 전투를 하기는커녕, 내빼는 것들을 잡아 족치는 식의 작전이 되었다.

그 수확은 결코 적지 않았다. 말단 조직이라고는 하나 본질적으로는 정보 조직인지라 압수한 서류에는 고급 정보가 그득했다.

델라크의 암살 명령서도 손에 넣었고, 무엇보다도 남작에게는 가장 중요한 남작 저택에 파견된 첩자들 리스트도 얻을 수 있었다. 이걸로 일단의 목적은 달성했다고 봐도 좋았다.

하지만 그런 고급 정보에도 '오크의 피'와 필란의 연관성은 철저히 은폐되고 삭제되어 있었다. 상당수의 '오크의 피' 조직원들은 필란이라는 이름은커녕 뭐가 어떻게 돌아가는지도 모른 채 죽거나 사로잡혀야 했다.

"뭐, 알았다고 해도 지금 병력으로 필란과 대항할 수 있을 리는 없지 않나?"

남작은 태연히 말했다.

"그러니까 그렇게 낙담하지 말게, 로렌."

남작은 작전이 성공해 기분이 좋은 듯 보였지만, 로렌은 반대로 낙담하고 있었다. 오크의 피와 필란의 연관성을 증언해 줄 유일한 증인인 '오크의 피' 수장을 놓쳤기 때문이었다.

지금이야 남작 말대로 필란을 치기엔 남작의 힘이 부족하니 상관없을지 모르지만, 앞으로는 그렇지 않게 될 터였다. 그때 쓸 중요한 카드를 확보하는 데에 실패한 셈이니, 낙담할 만도 했다.

"그렇군요. 남작님 말씀이 맞습니다."

그러나 로렌은 남작의 말에 굳이 반론하지 않고 고개를 끄덕였다. 절반의 성공이라도 성공은 성공이다. 낙담할 일은 아니었다. 그렇게 생각하기로 했다.

"사로잡은 놈들은 어떻게 할까요?"

용병대장이 남작에게 물었다. 많이 놓치긴 했지만, 꽤 많은 수의 조직원을 사로잡을 수 있었다. 저항하면 다 죽이라는 명령을 미리 내려두었는데 이렇게 많이 사로잡힌 걸 보니 정면으로 맞붙으면 승산이 없는 걸 깨닫고 그냥 항복한 것 같았다.

그 포로들의 처분에 대해 묻는 용병대장에게, 남작은 그윽한 미소를 지으며 명령했다.

"다 죽여."

*　　　　*　　　　*

필란이 소식을 전해들은 것은 일이 난 다음 날의 일이었다.

정보 수집을 특기로 삼는 필란치고는 소식이 꽤 늦은 편이라고 할 수 있었지만, 필란에게 정보 수집을 해주는 그 조직이 털린 것이니 어쩔 수 없었다. 오히려 마비된 정보망을 믿고 있었던 것치고는 꽤 빨리 정보를 얻어낸 편이라고 할 수 있었다.

그 소식을 들은 필란은 수하의 앞임에도 온몸의 힘이 탁 풀려 그 자리에 주저앉고 말았다.

'오크의 피' 수장은 잘 도망가서 모습을 감췄으니 그들과 필란의 연결 고리가 밝혀질 일은 없었다. 적어도 필란은 그렇게 믿고 있었다. 하긴 물증이나 증인이 없다는 점에 있어서 그의 믿음은 그리 틀리지 않았다.

"…자네도 당분간 날 찾아오지 말게."

"알겠습니다, 하이어드 필란."

그렇게 연락책 역할을 하던 수하를 돌려보낸 후, 필란은 깊은 생각에 잠겼다.

'오크의 피'를 잃었다. 그렇다고 필란이 장님에 귀머거리가 된 것은 아니었다. 필란이 돌리고 있는 정보 조직이 '오크의 피'만인 것은 아니었으니까.

그렇다고는 해도 필란의 정보 수집 창구 중 하나가 닫히고 말았다는 점은 변하지 않았다. '오크의 피'가 맡고 있던 부문의 정보망이 먹통이 되어버렸으니, 이 공백을 메우는 데도 적지 않은 돈과 노력이 들어갈 테고.

더불어 그가 가장 신뢰하던 수단인 암살이 봉쇄된 것은 큰 타격이었다. 필요한 때에 남작을 암살하기 위해 잠입시켜 두었던 첩자와 암살자들이 이번 일로 싹 쓸려 나가 버리고 말았다.

다른 암살자 조직에 의뢰한다는 방법마저 사라진 건 아니었지만, 필란의 명령만을 듣던 전속 조직은 '오크의 피'뿐이었다. 다른 암살자 조직에의 의뢰는 필연적으로 정보의 누출 가능성을 내포한다.

아무리 암살자들의 입이 무겁다 한들, 세상에 완전한 신뢰란 존재하지 않는다. 더욱이 그게 돈으로 이뤄진 관계라면, 더 큰돈이 무거운 입을 가볍게 할 수도 있다는 것을 필란은 누구보다도 잘 이해하고 있었다.

"크……!"

갑작스레 찾아온 편두통에, 필란은 신음을 하며 두통약을 찾았다.

'오크의 피'는 술집을 가장하고 있었지만 사실 그들은 유능한 약재상이기도 했다. 암살용 독을 조제하는 과정에서 나온 부산물이지만, 그들이 만든 두통약은 아주 잘 들었다.

"딱 한 알 남았군……."

미간을 꽉 찌푸린 채, 필란은 두통약을 내려다보았다. 미간을 찌푸린 이유는 두통 때문이기도 했지만, 앞으로는 어떻게 이 두통을 가라앉힐지에 대한 고민 때문이기도 했다.

"그 유능한 애들을 모조리 처단하다니… 무식한 남작."

한숨을 한번 푹 내쉰 후, 필란은 입안에 두통약을 털어 넣었다. 어마어마한 쓴맛에 한층 더 심하게 미간을 찌푸리며, 와인병을 들어 와인을 병째 마셨다.

약효는 금방 찾아왔다. 두통이 사라졌다.

"어?"

눈앞이 빙글 돌았다. 뭔가가 턱에 강하게 부딪혔지만, 아프지 않았다. 그게 지면이었다는 걸 깨닫기까지는 다소 시간이 걸렸다.

정신은 아직 잃지 않았다.

감각은 마비된 채였다…….

'적?! 내 약을 바꿔치기 한 건가? 하지만 어떻게?!'

필란의 의문은 곧 풀렸다.

문이 열렸다. 방금 전에 돌려보낸 수하의 모습이 보였다. 충성스러운 수하였다. 필란은 그렇게 생각하고 있었다. 문이 열리고 수하의 모습이 보이기 전까지는. 불과 몇 초 전의 이야기였다.

'날 배신하다니!'

필란은 노성을 지르려고 했지만 혀가 굳어서 말이 나오지 않았다. 수하는 사람 하나가 들어갈 만한 포대를 꺼내 펄럭 펼쳤다.

"…으……."

그렇게 신음 소리를 내는 게 전부였다. 눈앞이 가려지고, 입에는 재갈이 물렸다. 그리고 필란은 포대 안에 집어넣어졌다.

극도의 공포가 그의 심장을 옥죄었지만, 그는 비명조차 지를 수 없었다.

*   *   *

필란은 포대에서 꺼내지고, 그의 눈을 가리던 안대가 치워 졌다. 그럼에도 몽롱한 정신에, 시선을 제대로 집중할 수 없었다. 재갈도 풀렸지만, 그 입에서 나오는 건 말이 아닌 침이었다.

"자네가 날 죽이려 했다는 걸 알게 되었네."

로를웨의 목소리가 들렸다. 필란은 정신이 퍼뜩 들었다.

이 그레고리 남작령을 함께 일궈낸 전우이자, 현 남작에게서 실권을 빼앗고 남작령 남부를 장악한 동업자이자, 이제는 남작의 후계위를 두고 경쟁하는 라이벌인 로를웨였다.

스웬이라면 모를까, 로를웨라니!

직감으로 움직이는 스웬이라면 그럴 수도 있다고 생각했다. 필란은 이 납치의 배후가 스웬일 거라고 짐작했다. 자신의 수하를 배신시킬 정도라면 같은 세 거두 중 하나인 스웬이나 로를웨 정도밖에 없다고 생각했으니까.

하지만 상대는 로를웨였다. 언제나 이성적으로 움직이는 세 거두의 만형과도 같은 남자. 그 거대한 야망은 비록 위협적이지만, 신뢰할 수 있는 남자라고 생각했다.

그런데 자신의 납치를 지시한 게 로를웨였다니!

'믿었었는데!'

필란은 배신감에 떨었다. 아니, 제대로 떨 수조차 없었다. 마비 독이 그의 몸을 완전히 굳혀 버렸으니까. 그 본인이 로를웨를 암살해야 할지도 모른다는 생각에 '오크의 피'를 통해 정보를 미리 수집해 두었다는 건 이미 까맣게 잊은 뒤였다.

"이게 전부 남작 덕분이지. 남작이 자네의 '오크의 피'를 괴멸시키지 않았더라면, 내가 이 정보를 얻게 되는 일도 없었을 거야."

로를웨의 목소리에서 분노는 느껴지지 않았다. 그에게서 느껴지는 감정은 오히려 희열에 가까운 것이었다.

"자네, 휘하들에게 월급을 제대로 챙겨주지 않은 모양이더군? 매수하는 게 매우 쉬웠어. 특히 자네의 약을 바꿔치기 해둔 그자는 노모가 죽을병에 걸려서 어쩔 줄을 모르던데. 자네는 머리 좀 아픈 것 같고 두통약 먹는 걸 지켜보는 그자의 속을 알았는가? 아니, 알 리가 없지, 흐흐흣."

로를웨의 웃음소리를 들으며 필란은 머릿속이 하얗게 타버리는 것 같았다.

'그 배신자 놈! 내가 얼마나 신뢰했는데 그깟 돈 때문에 날 배신해?'

수하들에게 줄 월급을 약간 미룬 건 사실이었다. 현금을 쥔채 있고 싶었기 때문이었다. 곧 선거가 시작될 거고, 그때는 현금이 아주 많이 필요해질 테니까.

안 그래도 필란은 스웬이나 로를웨보다 쥐고 있는 현금이 부족한데, 월급까지 줘버리면 도저히 싸움이 안 된다고 판단했기 때문이었다.

필란이 생각하기에 자신의 판단은 옳았다.

그 옳은 판단을 한 고용주를 감히 피고용인 나부랭이가 돈같은 속물적인 이유로 자신을 배신하다니, 도저히 용서할 수가 없었다.

"아, 으."

그러나 필란이 분노의 외침을 토해내려 해도, 몸이 마비되어 제대로 말조차 할 수가 없었다.

"마시게."

필란의 입에 뭔가 차가운 것이 대어졌다. 나중에 알았지만, 물병이었다. 몸을 가눌 수 없었지만, 병에서 쏟아지는 액체를 삼키지 않기 위해 필란은 무진 애를 썼다. 무의미한 노력이란 건 알고 있었지만, 최소한의 반항도 하지 않으면 성이 차지 않았다.

'내가 왜!'

이런 공작은 그가 해야 했다. 그가 가해자여야 했다. 그런데 어째서 자신의 온몸이 마비되고, 포대에 밀어 넣어져 짐짝처럼 운반당하고, 적의의 시선 아래 무방비로 노출되어야 하는가.

물병 안에 든 액체는 해독제였는지, 필란은 점점 몸을 가눌수 있게 되었다. 그래봤자 양손은 등 뒤로 돌려져 묶여 있었고, 양발도 단단히 구속된 상태였지만 말이다. 그래도 적어도 목은 가눌 수 있었다.

"로, 늘에!"

혀가 아직 제대로 움직이지 않아, 목소리는 멍청이처럼 나왔다.

"그래, 필란."

로를웨는 비릿한 미소를 띤 채 그의 부름에 대꾸했다.

"오늘은 네게 아주 긴 하루가 될 거야."

지하실이었다. 마비되었던 감각이 돌아와, 비로소 피 냄새를 맡을 수 있게 되었다. 필란은 로를웨가 자신을 해독시킨 이유를 알았다.

감각이 무뎌진 상태에선 고문을 할 수 없으니까.

"로를웨!!"

이번에 로를웨는 그의 부름에 대답하지 않았다. 대신 로를웨는 등 뒤에 서 있던 이에게 눈짓했다. 필란은 그자의 정체를 직감적으로 눈치챘다.

고문 전문가다.

"저 입에서 내 이름 뒤에 경칭이 붙어 나오도록 수정해 두게."

로를웨는 그렇게 명령을 내리고 고문실 밖으로 뚜벅뚜벅 발소리를 내며 나갔다.

로를웨의 말대로, 필란에게는 아주 긴 하루가 될 것이다.

고통의 시간은 평소보다 더욱 길게 느껴지는 법이니까.

*   *   *

이제 와 사실을 말하자면, 로를웨에게 '오크의 피'에서 얻어낸 서류를 흘린 건 다름 아닌 로렌이었다. 필란의 모금액 규모에 대해 로를웨와 스웬에게 알려준 것도 로렌이었고.

최소한도의 공작이었다.

"이간계는 늘 유효하게 마련이지."

로렌은 콧노래를 불렀다.

하이어드라는 공고한 카르텔을 부수기 위해서는 역시 하이어드끼리 싸움을 붙이는 것이 제격이었다. 남작이나 로렌은 지나치게 강대해진 필란을 도저히 건드리지 못하지만, 같은 세 거두 중 하나인 로를웨라면 견제가 가능하리라고 보았다.

그래서 로렌은 위험을 무릅쓰고 로를웨에게 접촉했다.

목적은 용돈벌이 삼아서 정보를 팔려고, 라고 가장했다. 실제로 그가 가진 모금액에 관한 정보는 다른 하이어드들에게는 매력적이었기 때문에, 그 가장은 잘 통했다.

다행히 로를웨는 남작의 저택 별채에 대공의 소공녀가 와있었고, 그 일행이 세 명이며, 그중 하나가 12살짜리 어린애라는 걸 알고 있었다. 로렌은 일부러 자신의 정체를 숨기는 척하고, 로를웨의 입에서 그 사실이 밝혀지도록 했다.

그 시점에서 로를웨는 적어도 로렌의 정체에 대해서는 더이상 의심하지 않게 되었다. 로렌이 이상하게 어른스럽다든가, 마법사일지도 모른다든가, 그런 비상식적인 의심을 품지 않았다. 로렌의 입장에서는 이미 밝혀진 부분을 드러냄으로써 숨겨진 부분을 감춘 것이다.

물론 이 점에 대해서는 로렌이 주의 깊게 행동했기 때문이기도 했다. 일부러 유치한 행동을 하거나, 골목길을 지날 땐 주변을 경계하듯 쭈뼛거리거나.

행운도 따랐다. 신변에 위험이 생기면 마법을 사용하지 않을 수 없게 되었을 테니, 그렇게 되면 더 이상 정체를 숨길 수 없게 된다. 하지만 그런 사고는 나지 않았으니 다행이라 할 수 있었다.

"왜 하필 날 찾아왔지?"

로를웨의 그 질문에, 로렌은 이렇게 대답했다.

"하이어드 로를웨가 이 근방에서는 가장 돈이 많아 보였기 때문입니다."

로를웨는 로렌의 그런 속물적인 대답을 듣곤 크게 웃었다. 금력이야말로 힘이라 믿는 하이어드에게는 꽤 기분 좋은 칭찬이었으리라. 로를웨는 로렌이 가져온 정보에 꽤 괜찮은 값을 쳐주고 다음에 또 알려주면 두 배의 값을 치르겠다고 말해왔다. 로렌은 냉큼 고개를 끄덕였다.

그리고 스웬이 일만 크로네를 들고 남작을 찾아온 다음 날, 로렌은 바로 로를웨를 찾아가 그 사실을 알렸다.

로렌의 보고를 들은 로를웨는 만족스러운 미소를 지었다.

로렌의 정보가 정확한 것에 만족한 것이다.

로를웨는 당연히도 스웬의 모금액 규모에 대해 알고 있었다. 그렇게 약조했으니 말이다. 더군다나 로를웨는 스웬보다 몇 시간 늦게 모금을 하러 갔다. 남작에게서 공동 1위라는 대답도 들었을 것이다.

즉, 사실 로를웨는 이번 정보를 로렌에게서 사들일 필요가 없었다. 그럼에도 값을 치른다는 건 신뢰의 증표 정도로 받아들여도 될 터였다.

"혹시 내 모금액에 대한 정보도 스웬이나 필란에게 팔러 갔었나?"

금화를 내어주면서, 로를웨는 문득 로렌에게 그런 질문을 던졌다. 로렌은 바로 고개를 저었다.

"아뇨, 그럴 리가 없지 않습니까? 그런 짓을 했다가 하이어드 로를웨 님의 분노를 사면 큰일이니 말입니다."

로렌의 말에 로를웨는 코웃음을 쳤다.

"흐훗, 그럼 스웬과 필란의 분노는 두렵지 않은가?"

"두렵죠. 하지만 로를웨 님께서 비호해 주신다면 든든할 겁니다."

세 거두 중 가장 믿음직하다는 평은 로를웨를 기쁘게 했다. 어린애가 하는 말이지만, 그렇기에 거짓이 없다. 그렇게 믿는 듯했다.

로렌은 로를웨와 그런 식으로 몇 번 더 만나면서 신뢰를 쌓았다.

로를웨는 자잘한 하이어드들의 모금액에 크게 관심은 없어 보였다. 그야 어차피 모금액은 여전히 로를웨가 공동 1위이다. 관심 없을 만도 했다. 그러나 로를웨는 로렌이라는 정보원에 대한 투자 개념으로 돈을 지불하는 듯했다.

로렌도 로를웨의 신뢰를 얻기 위해 정보를 지불하고 있으니, 아직까지는 윈윈인 관계라고 할 수 있었다.

그리고 바로 어제, 로렌은 '오크의 피'에서 가져온 서류를 로를웨에게 갖다 주었다.

그냥 로를웨에 대해 조사한 보고서 한 장이지만, 그게 암살자 조직에서 나온 거라면 뉘앙스가 조금 달라진다. '오크의 피'가 필란의 정보 조직 중 하나라는 정보는 털어놓지 않았다. 그런 짓을 할 필요는 없었다.

로렌은 그저 열두 살짜리 소년답게 호들갑을 떨면서 조심하시라고 말하는 걸로 족했다.

그렇다. 그걸로 족했다.

지금쯤 필란의 신변에는 어떤 이상이 생겼을지도 모른다. 그렇지 않을지도 모르지만, 가능성은 높다고 봐야 했다. 애초에 필란이 처음 돌출 행동을 했을 때, 즉 필란이 혼자 협정을 깨고 남작에게 모금했을 때 이간계의 씨앗은 이미 뿌려져 있었다.

그 씨앗이 어떤 흉측한 싹을 틔울지 로렌은 모른다. 별로 알고 싶지도 않지만, 차차 자연히 알게 되리라.

로렌이 탄 말, 조지 2세가 따그닥따그닥 경쾌한 말발굽 소릴 내었다. 로렌은 조지 2세의 목을 두들겨 주었다.

"참 보람찬 하루로군. 그렇지 않아? 조지 2세?"

조지 2세도 기분 좋은 듯 투레질을 했다. 오늘은 귀리를 얻어먹을 수 있을 거라고 확신했는지도 모른다. 그리고 만약 그렇게 믿었다면, 조지 2세의 믿음은 곧 현실이 될 것이다.

*   *   *

다음 날, 로렌은 란츠 드워프 탈란델을 찾았다. 물론 주목적은 그랑 드워프의 각인기예를 배우기 위해서였지만, 오늘은 한 가지 화젯거리가 하나 더 있었다. 그 화젯거리란 다름 아닌 이틀 전에 있었던 일에 대해서였다.

그렇다고 그날 있었던 일에 대해 전부 다 말하지는 않았고, 그냥 탈란델이 만들어준 검으로 마부의 칼을 동강 낸 걸 중점적으로 이야기했다.

"역시 당신의 검은 굉장하더군, 탈란델!"

결론은 이거였다. 사실 이 말만 해도 됐다. 탈란델의 환심을 사기 위한 멘트이기도 했지만, 탈란델이 만들어준 각인검의 제작자에 대한 경의를 바치기 위해 해야 하는 말이기도 했다.

그렇다고 해서 억지로 하는 말이거나 꾸며내서 하는 말은 아니었다. 실제로 로렌은 각인검에 대단히 만족하고 있었으니까.

"…높임말 쓰라니까."

탈란델은 그렇게 말하면서도 그리 기분이 나쁘지는 않은 듯했다.

"보통이라면 칼날로 칼을 치는 짓거리를 용납하진 않겠지. 조악한 대량생산품이 상대라 망정이지, 같은 성능의 칼을 상대로 그런 짓을 했다면 칼날이 다 망가지고 말았을 거야."

"재미있는 말을 하는군, 탈란델. 자네 검보다 더 나은 검을 난 본 적이 없는데?"

"허."

탈란델은 헛웃음을 지었다.

"나도 내 검을 자랑스럽게 여기기는 하네만, 그건 너무 나갔군."

"아니, 사실일세. 내가 몇 살로 보이는가?"

"…어린놈이."

탈란델은 내뱉듯 말했지만, 여전히 기분은 좋아 보였다. 로렌도 어리다는 소릴 듣고 기분 나빠하지는 않았다. 보통 어린 애라면 정곡을 찔려 싫어하겠지만, 로렌은 이미 두 번이나 아저씨가 되어봤다. 이 정도 되면 어리다는 소리를 칭찬으로 받아들일 수도 있었다.

"어쨌든 칼을 좀 꺼내 보이게. 혹시나 칼이 상했는지 좀 보게."

로렌은 두말하지 않고 칼을 스르렁 꺼내 탈란델에게 넘겨주었다. 칼을 유심히 관찰하던 탈란델은 문득 로렌에게 이런 질문을 던졌다.

"로렌 자네, 검술에 대해 배워본 적은 없는 모양이로군?"

"그야 그렇지. 내가 뭐든지 다 잘할 거라는 기대라도 한 건가?"

"아, 높임말 쓰라니까."

"높임말을 써야 한다는 건 거래 조건에서 제했을 텐데?"

"그래도 좀 써주면 어디가 덧나나."

이미 지나간 이야기인데도 탈란델은 여태 툴툴거리고 있었다. 그들의 거래는 로렌이 우위를 점했고, 각인기예의 전수와 그랑 드워프의 유물 발굴 장소를 교환하는 것으로 깔끔하게 끝냈다. 로렌이 높임말을 써줄 하등의 이유가 없었다.

"그래서? 내가 검술을 배운 적이 없다는 건 어떻게 알았지?"

"칼을 보면 알지."

"칼? 혹시 상하기라도 했나?"

"아니, 내 칼이 그 정도로 파손될 리가 없지. 그냥 보면 아네."

탈란델은 다시 칼을 로렌에게 돌려주며 대꾸했다.

"좋은 칼을 만들려면 검술을 배우는 게 좋을 거야. 물론 좋은 창을 만들려면 창술을 배우는 게 좋을 거고, 좋은 식칼을 만들려면 요리를 배우는 게 좋지."

"그렇군. 하지만 나는 칼이나 창을 만들고 싶은 게 아니라……."

"좋은 대장장이가 좋은 각인도 새길 수 있게 된다네. 그리고 철물을 만드는 게 대장장이의 일이지."

로렌은 이어진 탈란델의 말에 반론할 논리를 찾지 못했다. 침묵해 버린 로렌을 보고 한번 슬쩍 웃은 탈란델은 자리에서 일어나며 말했다.

"좋은 기회로군. 칼을 다루는 법을 좀 알려주도록 하지."

"칼? 검술을 아는가?"

"조금. 대장장이를 할 정도로는."

평소 같으면 그냥 각인이나 빨리 가르치라고 닦달할 로렌이었지만, 검술에는 조금 흥미가 있었기 때문에 로렌은 잠자코 배우기로 했다.

＊　　　　＊　　　　＊

로어 엘프가 배움에서 마력을 얻어내는 것처럼, 그랑 드워프는 단련에서 각인의 힘을 끌어낸다. 본래라면 쇠를 내리쳐 단단하게 하는 것이 단련이지만, 탈란델은 그것만이 단련이 아니라고 말했다.

단련된 쇠에서 각인의 힘을 끌어내는 것이 아니라, 쇠를 단련시킨 본인에게 이미 각인의 힘이 쌓인다. 그렇다면 반드시 쇠를 단련할 필요는 없다. 즉, 쇠가 아닌 신체를 단련하는 것에서도 각인의 힘을 끌어낼 수 있다.

탈란델이 독자적으로 수립한 가설이었지만, 그 본인이 직접 증명해 낸 명제이기도 했다.

검술 단련으로도 각인의 힘은 쌓인다.

"그래서 검술을 단련하라고 하는 건가?"

탈란델의 검술을 따라하느라 젖은 수건처럼 지쳐 늘어진 로렌이 헉헉대며 물었다.

탈란델의 검술은 격렬했고 폭발적인 움직임을 요구했다. 그에 비해 로렌은 아직 어리고 약했다. 사실 어리지 않았던 때에도 몸을 다루는 것에는 그리 익숙하지 않았다. 그저 동작을 따라할 수 있게 되는 데만도 몇 시간이 걸렸는지 모른다.

휴식 시간도 없이 강철검을 쥐고 그렇게 계속 격렬한 움직임을 반복했으니, 땀으로 푹 젖어 나뒹구는 것도 그리 무리라 할 수는 없었다.

"아니, 꼭 그렇지만은 않네. 이거야 그냥 더 좋은 칼을 만들라고 하는 짓이지. 각인의 힘을 쌓는 데는 역시 쇠를 두들기는 게 최고야."

반대로 탈란델은 땀 한 방울도 흘리지 않은 채 웃으며 로렌의 질문에 대답했다.

로렌이 보기에 탈란델은 상당한 검술의 고수였다. 물론 열두 살 소년인 로렌의 시점이 아니라 대마법사 로렌 하트의 시점으로 보기에도 그랬다. 저 무거워 보이는 몸이 그렇게 빨리 움직일 수 있을 거라고는 상상도 못 했다.

"자, 숙제. 오늘 가르쳐 준 검술을 매일 10회 이상 반복하게."

"10회?!"

로렌은 놀라 축 늘어져 있던 고개를 번쩍 들며 되물었다.

"각인기예를 가르치려고 해도 제자가 각인의 힘이 부족해서 초보적인 각인 하나도 제대로 못 새기면 가르칠 것도 못 가르쳐."

탈란델의 그 말에는 대꾸할 여지가 없었다. 확실히 각인을 배우기 위해 매번 쇠를 몇 시간씩 두들기고 시작하는 건 효율이 좋지 않았다.

안 그래도 로렌은 인간이라서 드워프보다 각인의 힘을 쌓는 효율이 나쁘다. 검술로라도 미리 각인의 힘을 쌓아둔다면 시간을 상당히 절약할 수 있을 터였다.

"자, 그럼 다시 앉게나. 모처럼 각인의 힘도 쌓았겠다, 이제 각인에 대해 배워야지."

"뭐야, 오늘은 검술로 끝 아니었나?"

로렌은 들었던 고개를 다시 지면에 처박으며 물었다.

"그럴 리가 있나. 자네에게 최대한 빨리 각인에 대해 다 전수해 줘야, 내가 그랑 드워프의 유적으로 가지 않겠나? 가뜩이나 자네 요즘 여기 자주 오지도 않는데, 오늘은 진도를 두 배로 빼야겠어."

"…에잇!"

로렌은 무거운 몸을 억지로 일으켰다. 그렇다고 각인기예를 안 배울 순 없었으니까.

"자, 그럼 제자여. 기본 각인을 새겨보게나."

"예, 스승님."

로렌은 깍듯한 높임말을 사용했다. 각인을 배우는 동안만, 로렌은 탈란델에게 경어를 사용해 주고 있었다. 물론 조금이라도 더 가르침을 뜯어내기 위해서였다.

"치사하게 이럴 때만."

로렌의 의도를 잘 아는 탈란델은 툴툴거렸지만 로렌은 상관하지 않았다. 로렌의 의도를 간파했든 아니든, 어쨌든 경어를 썼을 때 탈란델은 좀 더 잘 가르쳐 주기 때문이다. 전생에 높임말 못 듣고 죽어서 한이 서렸나? 그런 생각이 들 정도로.

로렌에게 주어진 건 나무토막이었다. 원래대로라면 쇠에 새겨야 맞겠지만, 로렌의 대장장이 기술은 아직 쇠를 다루기에는 멀었다.

"각인을 다루는 데 가장 중요한 것은 이해다. 각인의 의미를 제대로 이해해야 각인의 힘을 바르게 새겨 넣고 각인의 효과를 제대로 끌어낼 수 있게 되는 거야."

표음문자인 엘프 문자를 비롯한 다른 문자들과 달리 각인 문자는 표의문자다. 지난 생의 로렌 하트는 그 개념을 이해하는 걸 매우 어려워했다. 그 긴 일생 동안 단 한 번도 접해보지 못한 완전히 새로운 개념이었기 때문이었다.

그러나 지금의 로렌은 다르다. 그는 김진우로서의 일생을 한 번 거친 후였다. 그리고 김진우는 한자라는 문자를 이미 접했다.

물론 각인 문자와 한자는 완전히 다른 문자다. 그러나 그 개념에는 비슷한 점이 있었고, 그렇기에 로렌은 지난 생의 로렌 하트보다 쉽게 각인 문자에 대해 이해할 수 있었다.

'한 글자에는 아무런 의미도 없다. 그러나 다음 문자를 옆에 이어 붙이면 의미가 생기고, 이 밑에 또 다음 문자를 이어 붙이면…….'

딱, 딱.

"오, 오오!"

로렌은 처음으로 맛보는 경험에 자기도 모르게 소리를 내고 말았다. 그전에는 새기는 동안 다른 곳으로 흘러가 버렸던 각인의 힘이, 이번에는 제대로 각인 안에 빨려 들어가기 시작했기 때문이다.

"충분하다! 제대로 됐어!!"

옆에서 보던 탈란델도 흥분하며 외쳤다.

"각인이 완성되었다!!"

화르륵. 그와 동시에 로렌이 각인을 새기던 나무토막이 불타기 시작했다.

한 글자에는 아무런 의미가 없지만, 두 글자를 붙이면 의미가 생기고, 세 글자를 붙이면 비로소 각인이 된다.

"불꽃의 각인!!"

로렌은 자신이 완성시킨 각인의 의미를 외쳤다. 드디어 성공했다. 계속해서 실패만 하다가, 이제야 드디어!

"첫걸음을 내디뎠구나, 제자야!"

"제가 해냈습니다, 스승님!!"

둘은 얼싸 안고 기뻐했다. 사실 로렌과 탈란델은 이 정도로 친한 사이는 아니었음에도 불구하고, 가슴속에서 뿜어져 나오는 기쁨이 그들을 주체하지 못하게 했다.

＊　　　　＊　　　　＊

"네겐 검술이 더 잘 맞는 것 같군. 갑자기 깨달음을 얻은 것 같지는 않고, 그저 그전까지는 각인의 힘이 부족했었던 것 같아."

흥분을 가라앉힌 후에, 탈란델이 말했다.

"각인 하나 새기는 데 각인의 힘을 더 많이 필요로 할 줄은 몰랐군. 인간이라서 그런가?"

"그거야 난들 어찌 알겠나?"

"수업 끝났다 이건가?"

로렌의 반말을 들은 탈란델은 픽픽 웃었다.

"어쨌든 더 쉽게 각인의 힘을 쌓는 법을 터득했으니, 앞으로는 더 많이 쌓아오도록 해."

"예, 스승님."

"아, 진짜 헷갈리게."

높임말과 반말을 섞어 쓰는 로렌에게 탈란델은 잠깐 짜증을 냈지만, 곧 다시 웃는 얼굴이 되었다.

"내가 인간 꼬맹이 상대로 이렇게 진지하게 가르치게 될 줄은 몰랐군. 사실 난 아직 내가 제자를 받을 시기라고 생각한 적도 없는데."

이러니저러니 해도 탈란델은 꽤 좋은 스승이었다. 로렌은 탈란델에게 고마움을 느끼고 있었다. 시작은 거래로 이뤄졌다 한들, 두 사람은 그럭저럭 괜찮은 사제지간이 되어가고 있었다.

"네가 각인의 힘을 제대로 다룰 수 있게 되면, 내가 만들어준 각인검의 힘도 제대로 끌어낼 수 있게 될 거야. 그 각인검에는 그냥 보존용 각인만 새겨진 게 아니라는 걸 지금의 너라면 알 수 있을 테니."

각인에는 그냥 새겨만 두면 효과를 발휘하는 것과 새긴 후에도 추가적으로 각인의 힘을 불어넣어 각인의 효과를 발동시키는 것이 있다.

녹이 슬지 않게 하고, 날카로움을 유지시키고, 검의 강도를 소재 이상으로 끌어올리는 것이 전자에 속한다. 그리고 후자는 아직 모른다. 오늘 처음으로 각인의 효과를 끌어냈다고는 한들, 로렌은 아직 배워야 할 게 많았다.

배워야 할 게 많다는 건 얼마나 행복한 일인가! 로렌은 마법사고, 그는 배움에서 마력을 끌어낼 수 있다. 탈란델에게 각

인을 배우는 것조차 그의 마법을 더욱 강하게 해준다. 여기에
각인까지 다룰 수 있게 된다.

지난 생에서 알량한 자존심 때문에 왜 각인을 배우지 않았
는지 한층 더 깊은 후회가 밀려오지만, 그것도 지난 생의 일이
다.

'이제부터 잘하면 되지!'

중요한 건 지금이고 이번 생이다. 그렇게 생각하며, 로렌은
탈란델에게 고개를 숙여 보였다.

"감사합니다, 스승님!"

새삼스러운 로렌의 감사 인사를 들은 탈란델은 멋쩍게 웃
었다.

"쓸려면 반말이나 높임말 둘 중에 하나만 써."

말은 그렇게 했지만 말이다. 그리고 그 지시에 대해 로렌이
할 대답은 다음과 같았다.

"그래, 알았네!"

  *   *   *

남작령 남부 지역의 세 거두는 항상 모이는 장소에 모였다.
하지만 그 세 거두 중 하나의 모습이 보이지 않았다.

"오크의 피가 남작에 의해 괴멸된 모양이더군. 그것도 델라

크의 용병대를 빌려서……."

스웬이 먼저 입을 벌려 말했다. 입맛이 쓴 듯, 그는 몇 번 입술을 우물거렸다.

"뭐, 일개 소조직이 하나 박살 났을 뿐일세."

로를웨가 별거 아니라는 듯 말했다.

"필란은 꽤 큰 손해를 입었겠지만 말일세."

"그 필란이 어딜 갔는지 보이질 않는군."

"뒤처리를 하느라 바쁘겠지."

"그도 그런가."

스웬은 몇 번 더 자신의 입술을 우물거렸다. 그러더니 미간을 팍 찌푸리며 내뱉었다.

"기분이 별로 안 좋아."

"그건 나도 그렇네."

세 거두에게 있어 남작은 허수아비였다. 그들이 그렇게 만들었다.

남작의 직할령을 빼앗고, 돈줄을 말리고, 저택에 가둬두었다. 저택 안에도 필란의 하수인들이 항상 남작을 감시하고 있었고, 마음만 먹으면 언제든 목숨을 끊어놓을 수 있었다. 그들에게 남작은 죽는 것보다 살아 있는 게 더 이득이기에 살려두었을 뿐인 존재였다.

그런데 이번에 일어난 일들은 그런 그들의 인식을 바꿔놓기에 충분했다. 이번에 남작이 사용한 권한은 통치 행위로, 남작에게 반역 행위를 한 자들을 징벌해야 했다는 명분을 내세웠다.

그리고 '오크의 피'에서 실제 반역 행위의 증거물이 나온 이상, 그 누구도 남작의 통치 행위에 이의를 제기할 수 없었다.

설령 세 거두라 할지라도.

물론 남작이 아무리 날뛰어봤자 세 거두 중 하나도 제대로 건드리지 못한다. 군사적으로나 경제적으로나 세 거두는 여전히 남작을 압도하고 있으니까.

통치 행위든 뭐든 명분을 어떻게 늘어놓든 남작에게는 실제적인 영향력을 행사할 수단이 절대적으로 부족했다.

하지만 이번처럼 제대로 된 명분을 내걸고 가지치기에 나선다면, 그리고 남작에게 병력을 빌려줄 간 큰 하이어드가 하나라도 있다면 눈 뜨고 당할 수밖에 없다는 것이 그들 속을 불편하게 만들고 있었다.

"이를테면 그저 귀엽기만 하던 강아지가 친구의 발가락을 물어 잘라내어 버린 것을 본 기분이라고 비유할 수 있겠군."

스웬은 속이 불편한 듯 자신의 위장 부위를 주물럭거리며 말했다. 그런 스웬의 비유에 로를웨는 헛웃음을 지었다.

"남작을 개새끼라고 비유한 건가? 너무 나간 것 같은데."

"개미 새끼로 바꿀까?"

"흐훗."

두 사람 다 농담 따먹기를 오래 할 기분은 아니었다.

"어쩔 셈인가?"

로를웨가 먼저 물었다.

"어쩌다니?"

"이대로 남작이 활개 치고 다니게 놔둘 셈인가?"

"아직은 그를 막아설 명분이 없어. 명분 싸움에서 밀린다면 다른 귀족들이 끼어들 여지를 주게 되네. 특히……."

"발레리에 대공인가."

발레리에 대공이 그레고리 남작령을 노리고 있다는 건 특별히 정보 조직을 돌리지 않더라도 알 수 있는 일이었다.

아니라면 대공의 소공녀가 이런 시골구석에 굴러들어 올리 없었다. 무슨 사건이라도 생겨서 소공녀가 죽기라도 하면, 그걸 빌미로 대공은 그레고리 남작령을 정벌해 버릴 터였다.

세 거두의 입장에서야 그런 일이 생기면 남작을 배신하고 대공에게 항복하면 그만이긴 하다. 남작은 끝장나겠지만, 하이어드들 입장에선 섬기던 주인이 바뀌는 것 정도의 일이다.

하지만 기껏 남작의 실권을 다 빼앗아 허수아비로 만들어 놓고 자기 맘대로 할 수 있는 환경을 만들어뒀는데 이걸 다 엎어버리고 유능하고 악랄한 새 주인을 섬겨야 하는 일은 되도록 피하고 싶다. 피할 수 없다면 뒤로 미루기라도 하고 싶고.

그것이 세 거두의 솔직한 심정이었다.

그래서 필요한 게 명분이었다. 명분 없이 세 거두가 남작을 쳤다간 대공은 하극상을 좌시하고만 있을 수는 없다며 희희낙락 쳐들어 올 테니. 그리고 이런 경우가 되면 세 거두라 할지라도 목이 날아가고 말 것이다.

"남작이 알고 하는 건지 모르고 저지르고 있는 건지는 모르겠지만, 지금은 남작이 연주하는 음악에 춤을 출 수밖에 없어."

스웬은 술을 들이켰다.

'남작이 연주하는 음악에 춤을 춘다, 라.'

로를웨는 스웬의 비유를 곱씹었다. 아무래도 그는 남작 후계 선거에 나갈 생각을 굳힌 것 같았다.

스웬은 술잔은 탁, 하고 내려놓았다.

"갑갑하군."

"태어나길 귀족으로 태어나지 않은 우리 잘못이지."

로를웨는 자학적인 농담을 던지곤 흐흣, 하고 웃었다.

*　　　　*　　　　*

남작 저택의 별채로 돌아온 로렌은 한숨을 푹 내쉬었다.

피로가 쌓여 영 풀리질 않았다. 원래 12살 소년이면 한숨 푹 자고 일어나면 다 회복되어야 하는 게 아닐까? 하지만 그의 경우는 영 그렇지가 않았다. 하기야 하루에 다섯 시간 자면 많이 자는 편인 걸 생각해 보면 확실히 수면 부족 기미가 있긴 했다.

"이런 거 별로 안 좋은데."

로렌은 자신에게 회복 마법을 사용했다. 떨어져 있던 생명력에 체력까지 회복되고 오늘 몸을 혹사시키느라 여기저기 저리고 아팠던 근육통도 자취를 감췄다.

더불어 팔다리가 아주 약간이지만 더 두꺼워졌다. 이런 식으로 가다간 김진우였던 시절은 물론 로렌 하트였던 시절에도 없었던 복근이 튀어나올 것 같았다.

그건 좋은 일일 수도 있었지만, 이러다가 회복 마법에 중독되어 버리는 것은 별개의 문제였다. 하긴 어제는 그냥 버티긴 했지만, 일주일에 세 번씩 회복 마법에 의지하는 건 그다지 좋은 현상이 아니었다.

하지만 오늘은 어쩔 수 없었다. 그의 오늘 스케줄은 아직 끝나지 않았다. 깊은 밤에 다시 어딜 나가봐야 했고, 새벽에도 할 일이 있었다. 오늘은 세 시간쯤 잘 생각이었다.

이런 시간에 다시 밥 좀 해달라고 요리사를 깨우기는 좀 뭐해서, 그랑 드워프의 방주에서 가져온 전투식량을 꺼내 우물

우물 씹었다.

"로렌."

그때, 로렌의 방문이 열렸다.

"아, 아가씨."

로렌은 바로 붙임성 있는 미소를 지으며 아가씨를 돌아보았다. 그러나 아가씨는 기분이 그리 좋아 보이지는 않았다.

"또 어딜 나가는 거야?"

"네, 잠시."

"어딜 나가는지 설명해 줄 수 있어?"

"물론이죠. 듣는 귀가 없다면요."

로렌은 먹던 전투식량을 내려놓으며 대답했다. 육체적인 피로는 회복 마법으로 해소되었다 한들, 심로가 없어진 건 아니었기에 다소 마음이 무겁긴 했다. 그런 내심을 감추기 위해, 로렌은 더욱 공들여서 미소를 지었다.

"마침 남작 저택의 사용인들이 거의 다 해고되었다고 하네. 우리 쪽 요리사도 마찬가지야."

"아, 우리 요리사도요?"

그건 로렌도 몰랐기에 잠깐 놀랐다. 이건 꽤 심각한 문제였다. 잘못했으면 아가씨가 암살당할 수도 있었으니 말이다. 요리사는 음식에다 장난질을 칠 수 있기에 더더욱 위험했는데, 이번에 솎아내져서 정말 다행이라고 할 수 있었다.

"그래, 그래서 오늘은 내가 요리를 만들었는데."

아가씨는 로렌에게서 시선을 약간 피하며 말했다.

"다들 맛있다고 하더라. 내 시선을 피하면서."

"하하하……."

로렌은 마른 웃음을 지었다. 그러다 문득 궁금증이 돋아서 아가씨에게 질문을 던졌다.

"레윈은 뭐라고 하던가요?"

"레윈은 맛없다고 했어!"

새삼 화가 난 듯, 아가씨는 발뒤꿈치로 바닥을 힘껏 찧었다. 쿵!

"그럼 맛이 없었던 거겠지."

그러나 곧 맥이 탁 풀린 듯, 아가씨는 어깨를 축 늘어뜨리며 힘없이 말했다.

"어쨌든, 그래서 네 생각이 났어. 네가 식탁에 없구나, 하고. 요 며칠째."

"네."

로렌은 고개를 끄덕였다.

"바빴으니까요. 요 며칠간은 특히."

거기까지 말한 로렌은 허리를 깊이 숙여 아가씨에게 사죄했다.

"죄송합니다, 아가씨. 원래대로라면 전부 미리 말씀을 드리고 움직여야 하는 걸 제 마음대로……."

"아니, 그건 됐어. 괜찮아."

괜찮다고 하면서, 아가씨는 입술을 삐죽 내밀었다. 삐친 건가? 생각했지만.

"…그저 난 네가 너무 무리하고 있는 것 같아서 마음에 좀 걸린 것뿐이야."

로렌은 아가씨를 잠시 멍하니 바라보았다. 그건 꽤 무례한 짓이었지만, 로렌은 그 사실조차 몇 초 후에나 깨달았다.

"…걱정해 주시는 겁니까?"

"응. …뭐, 왜. 그러면 안 돼?"

"아뇨."

로렌은 밝게 웃었다. 그 웃음은 가장할 필요가 없었다. '

"기뻐서요."

알게 모르게 로렌의 마음을 짓누르고 있던 심로가 덜어졌다. 누군가가 자신의 걱정을 해준다는 건 어딘가 마음 한구석이 간질거렸지만 그게 그렇게까지 나쁜 건 아닌 것 같았다.

생각해 보면 누군가가 '걱정해 준다'는 게 얼마만일까.

'얼레, 설마 처음인가?'

아니, 그럴 리가. 생각이야 그렇게 했지만, 그랬던 기억이 나질 않았다. 그게 뭐 그렇게 중요할까. 로렌은 크게 신경 쓰지 않기로 했다.

"감사합니다, 아가씨."

"이런 걸로 감사를 받을 줄은 몰랐는데."

아가씨도 의외라는 듯 그 큰 눈을 깜박거렸다. 그래서 로렌은 다시 한 번 웃을 수 있었다.

11장
엘리시온의 경이

그렇다 한들 무리를 안 할 수는 없었다.

원래 역사대로라면 지금쯤 라퓐젤 발레리에 넬라는 한창 마녀재판을 받고 옥에 갇혀 있을 때였다. 그 역사를 반복시키지 않기 위해서라도, 로렌은 지금 당장 움직여야 했다.

"자네가 마법사라 들었네."

로를웨가 말했다.

슬슬 들킬 때가 되었다고는 생각했다. 며칠 전에 델라크를 암살하려 든 마부를 사로잡을 때 마법을 사용한 게 어떻게 로를웨의 귀에도 들어간 모양이었다.

"숨기려고 한 것은 아니었습니다만……."

"아니, 괜찮네. 인간 소년이 로어 엘프의 마법을 사용할 줄 안다는 건 확실히 널리 알려져서 좋은 일은 아니지."

적어도 하이어드 사회에서 마법은 그렇게까지 좋은 인상을 주는 능력은 아니다. 그들이 경멸시하는 로어 엘프의 옛 능력이었으니 말이다.

"오히려 그 능력으로 날 해하려 들지 않았다는 점에서 점수를 주고 싶군."

"제가 어찌 하이어드 로를웨 님을 해하겠습니까?"

"네 그런 비굴함은 매우 마음에 드는군."

로를웨는 기분 좋은 듯 흐흐흣 웃었다. 로를웨의 이런 여유는 로를웨가 로렌을 위협적으로 여기지 않기 때문에 나오는 것이다.

즉, 로를웨는 마법사에 대해 알고 있다.

그의 옆에 시립해 있는 남자만 보더라도 알 수 있었다. 칼을 뽑기 쉽게 다듬어진 칼집, 칼 손잡이 위에 올라와 있는 오른손. 로렌이 주문을 외우기라도 한다면 언제든지 뽑아 벨 수 있도록 모든 것을 준비해 둔 것이다.

대단히 정석적인 대응 방법이었다. 이 정도면 훌륭하다고 평할 만도 했다.

다만 로렌에게는 다행이게도, 로를웨는 로렌이 어느 정도

경지에 오른 마법사인지는 파악하지 못한 것 같았다. 만약 로를웨가 로렌의 마법 수준까지 간파했더라면, 시립한 검사는 미리 칼을 빼 들고 있었으리라.

하기야 겨우 12살 난, 그것도 인간 소년이 벌써 즉시 시전을 사용할 줄 안다고는 미처 생각 못 한 것 같았다. 즉시 시전을 하는 마법사를 발도검사 따위로 막을 수는 없다.

'뭐, 그렇다고 저지를 마음은 없다만.'

죽일 수 있다는 이유만으로 살인을 저지르는 건 사이코패스의 사고방식이다. 사이코패스가 아닌 로렌은 잠자코 공손한 태도로 이어져 나올 로를웨의 말을 기다렸다.

"오늘 내가 널 부른 이유는 다른 게 아니다, 로렌."

"말씀하십시오, 하이어드 로를웨."

"곧 모금 기간이 끝나고, 남작의 후계를 정하기 위한 선거가 시작되지. 그리고 그 선거에 대공의 소공녀께서도 투표권을 가지고 계시다 들었네."

"예, 그렇습니다. 맞습니다, 하이어드 로를웨. 제 주인 라핀젤 발레리에 넬라 전하께서는 다섯 표의 투표권을 갖고 계십니다."

100장 중에 열 장은 남작과 라핀젤을 위해 빼두었다.

투표에 결정적인 영향을 미칠 것처럼 보이지 않는 수량이지만, 사실은 이게 그렇지가 않다. 이미 김진우로서 민주주의 국가를 30년가량 경험해 본 그는 그걸 잘 알고 있었다.

그리고 일단 이 진창 싸움에 끼어들어서 피선거권을 갖게 되는 순간, 이 열 장이 엄청난 가치를 지니고 있음을 금방 깨닫게 된다.

물론 로를웨는 아직 피선거권을 완전히 확보한 건 아니었다.

그러나 그는 이미 자신이 모금액 순위의 적어도 차석을 차지할 거라 확신하고 있을 터였다. 그러니 이런 말을 할 수 있는 것이다.

'그렇다면 필란을 어떻게 하긴 한 모양이군.'

로렌은 생각했지만, 그 의문을 입에 낼 수는 없었다. 안 그래도 마법사인 걸 들켰다. 괜히 경계심을 더 심화시킬 이유가 없었다.

그것보다는 이어질 로를웨의 말을 듣는 게 중요했다. 말이란 곧 생각이니, 그의 말에서 어떤 힌트가 튀어나올지 모를 일이다. 마침 로를웨가 다시 입을 연 참이었다.

"라펜젤 발레리에 넬라 전하께 전해주게. 나 로를웨는 남작의 후계에 당선되기만 한다면 절대적인 충성을 전하께 바칠 거라 말일세."

말이야 꼬아서 말했지만, 아가씨의 다섯 표를 자신에게 던져주길 바라는 것이다. 말하자면 사전 선거운동이라 할 수 있었다. 한국에서는 불법이지만, 여긴 한국이 아니다.

"하지만 하이어드 로를웨, 저는 일개 하인입니다. 제 진언이 주인님의 의향을 바꿀 수 있을 거라 믿지는 않습니다만."

"네가 정말 일개 하인이라면 나도 이런 부탁은 하지 않겠지."

로를웨는 흐흣, 하고 웃었다.

"그러나 넌 마법사지. 12세의 인간 마법사 소년. 어떻게 전하의 시위(侍衛)가 됐는지 이제야 납득이 가는군. 전하께오선 널 상당히 신뢰하고 계실 테지."

꽤나 날카로운 지적이다. 몇 군데 틀리긴 했지만, 틀린 부분은 본질과 별 상관이 없다.

"말뿐인 충성이라면 누구든 할 수 있지. 이 하이어드 로를웨는 말뿐인 남자가 아니라는 걸 전하께 증명시켜 드려야 할 것 같군."

거기까지 말한 로를웨는 자신의 옆에 시립하고 선 남자에게 눈짓했다. 그러자 남자는 손에 든 상자를 조심스럽게 로렌 앞에 내려놓았다.

"이걸 전하께 가져다 드리게."

"이게 뭡니까?"

"열어보게."

로렌은 상자의 뚜껑을 열었다. 그걸 본 그의 눈동자가 휘둥

그래졌다.

"이, 이건⋯⋯!"

"알아보겠는가?"

그게 의외라는 듯 로를웨는 로렌을 바라보았다. 로렌은 즉시 고개를 저었다.

"모르겠습니다만 굉장히 귀한 물건이라는 것만은 알겠습니다."

거짓말이었다. 이건 겉보기엔 볼품없는 깨진 구슬 조각에 불과했다. 로를웨는 그렇게 말한 로렌을 한동안 가만히 응시했다.

"⋯그래, 그렇군."

위험했다. 로렌은 속으로 안절부절못했다. 그런 내심을 내비치지 않기 위해 안간힘을 쓰며, 로렌은 아무렇지도 않은 척 상자의 뚜껑을 닫았다.

하지만 로를웨는 더 이상 뭐라고 하지 않고, 대신 이렇게 말했다.

"뭔지 설명해 줄 테니 네가 전하께 말씀드려라."

"알겠습니다, 하이어드 로를웨."

*　　　　*　　　　*

로렌은 로를웨에게 받은 상자를 품속에 소중하게 숨겼다. 식은땀이 등을 축축하게 적셨다.

'진짜… 이런 곳에서 말도 안 되는 보물을 손에 넣었군.'

로를웨는 이 보물에 대한 설명을 이렇게 했다.

"웰시 엘프를 증명해 주는 물건일세. 웰시 엘프가 이 물건에 손을 대면 빛을 내지만, 다른 엘프나 종족이 손을 대면 아무 반응도 하지 않지. 어느 시대에 만들어진 건지도 모를 아주 오래된 유물일세. 존귀한 이가 존귀하다는 증명을 해주는 보물이라고 할 수 있어. 하이어드인 내게는 쓸모없는 물건이지만 웰시 엘프이신 라퓐젤 발레리에 넬라 전하껜 유용한 물건일 수도 있다고 생각하여 내 이렇게 충성의 증표로 전하께 예물로 보낸다고 전해 드리게."

로를웨의 이 길고 상세한 설명은 혹시나 로렌이 이 보물을 쓰레기라고 생각하고 버릴까 봐 해준 감이 조금 있었다.

아니 될 말씀. 그럴 리가 있나.

로를웨의 설명은 엉터리였다. 아니, 일부 맞기는 하지만 웰시 엘프가 손을 대면 빛을 낸다는 정도만 맞다.

'뭐가 어떻게 된 건지 이제야 전부 다 맞아떨어졌군. 이상하고 이해할 수 없었던 부분이 전부 확 밝혀진 것 같다. 이거였어. 이 보물이 모든 문제의 원인이었어.'

로렌은 이를 갈았다.

어째서 라푼젤을 마녀로 몰아 불태워 죽인 하이어드들이 발레리에 대공의 남작령 정벌 후에도 그대로 지배 계급으로 남아 전성기를 구가할 수 있었는지, 애초에 왜 발레리에 대공이 라푼젤을 남작령으로 보내 희생까지 시켜서 이 땅을 손에 넣으려고 했는지, 모든 의문이 밝혀졌다.

이 보물 때문이었다.

인류 연대는 고사하고 용의 연대보다도 오래된, 신의 연대(Deus Era)에 만들어진 기물.

육체적인 능력이 그리 뛰어나다고는 못할 엘프들이 단일 종족 국가인 엘리시온 왕국을 세우고 전성기를 구가할 수 있었던 이유.

엘리시온 왕국이 멸망하여 로어 엘프들은 밑바닥으로 굴러떨어져야 했지만, 웰시 엘프는 여전히 존중받으며 대공의 양녀로까지 들여지는 원인.

엘리시온의 경이(Elysionic Wonder).

엘리시온 왕국의 왕성 중앙에 놓여 있던 이 보물은 엘리시온 전 영토에 무한한 힘과 영광을 부여했다고 한다.

귀한 것에는 욕망과 질시의 시선이 드리우는 법. 이 보물을 빼앗기 위해 연합군은 대대적인 침략을 가했고, 목적을 달성했다. 연합군은 엘리시온 왕궁을 점령하고 엘리시온의 경이를 손에 넣었다.

그렇다면 이 엘리시온의 경이는 누구 것이 될까?

연합군은 다양한 국가와 종족의 연합이었고, 그들을 묶어 놓은 끈이라곤 엘리시온 왕국을 친다는 목적 정도였다. 그 목적은 달성되었고, 이제 다시 그들은 서로의 이해관계를 재확인할 필요가 있었다.

보물의 소유권을 두고 다시 전쟁이 날 기세였기에, 각국의 수장은 이 보물의 처치를 놓고 고민하다가 결국 최악의 선택을 하게 된다.

'보물을 파괴한다'가 그것이었다.

그러나 그 최악의 선택이 최선의 선택으로 바뀔지 누가 알았으랴.

파괴된 보물의 파편들은 보물의 능력을 일부씩이나마 간직한 채 남았고, 각국은 그 파편을 기여도에 맞게 나눠 가지게 된다. 보물의 진짜 능력을 발동시킬 수 있는 열쇠인 웰시 엘프들도 함께.

그렇게 일이 일단락되고 시간이 흐르고 시대가 지나 지금에 이르렀는데……

"이렇게 이상한 데서 유실되었던 파편이 발견되는 경우가 간혹 있단 말이지."

로렌은 상자를 열어 엘리시온의 경이의 파편을 바라보았다.

로를웨가 이 보물의 진가에 대해 몰랐던 건 지극히 당연했다. 애초에 엘리시온의 경이에 대한 정보는 각 국가의 최고위급이나 알고 있는 극비였다. 로렌도 왕궁 마법사 시절에 겨우 이 보물에 대해 알게 되었으니까.

그러니까 고작 표 다섯 장 더 얻자고 이걸 냅다 바치지.

하기야 진가를 알고 있다고 해도 이걸 어디다 팔지도 못한다. 누군가가 이 보물을 갖고 있다는 게 알려지기라도 하면 어디의 왕이나 대공이 군대를 끌고 찾아와 보물을 강제로 빼앗고 정보 유출 방지를 위해 전 주인을 죽여 버릴 테니까.

이건 그런 보물이다. 존재 자체가 알려져서는 안 되는 보물.

발레리에 대공이 남작령을 노린 이유도 이 보물의 존재를 알았기 때문이리라. 당장 군대부터 보내지 않은 건 정보가 확실하지는 않기 때문일 거고, 그렇기에 명분 따윌 따지는 여유를 부릴 수 있었던 것이리라.

로렌 하트의 역사에서 발레리에 대공이 하이어드 토호 세력을 그냥 남겨두고 남작만 죽이고 떠난 것도 이 보물을 손에 넣었기 때문일 터였다.

목적을 이뤘으니 더 이상 살생을 할 필요는 없고, 점령지의 하이어드들에게서 세금과 조공을 받는 걸로 만족할 수 있었겠지.

"그렇게 된 거였군, 그렇게 된 거였어!"

오랫동안 풀리지 않던 수수께끼의 답을 알아냈지만 속이 시원해지기는커녕 더 답답해지기만 했다.

사실 로렌은 로어 엘프였던 로렌 하트를 해방시켜 준 발레리에 대공에게 감사의 마음을 느끼고 있었다. 하지만 발레리에 대공에게 있어서 로어 엘프의 해방은 덤이었을 뿐이다. 그저 덤······.

애초에 그 전쟁의 명분이 이미 죽고 없어진 양녀의 보복이었으니, 그 명분을 세우기 위한 최소한도의 지출이었다.

알고는 있었지만, 모든 게 확실해지니 입맛이 썼다.

그런데 어떤가, 이번 생에서는 이 보물이 원래대로라면 대공에게 있어 '버리는 말'이었던 라푼젤에게 돌아갔다. 이건 통쾌한 일인가? 결말에 따라서는 아닐지도 모른다. 하지만······.

"통쾌하게 만들어야지."

로렌은 결의하고는 품속에 소중하게 상자를 집어넣었다. 그러고는 자신의 말 조지 2세의 목 부분을 툭툭 쳤다. 그러자 조지 2세는 경쾌한 발걸음으로 걷기 시작했다. 조지 2세가 움직임과 동시에, 뒤에서도 뭔가가 움직이는 소리가 들렸다.

들짐승일 확률은 낮았다.

미행이다.

미행으로 붙은 추적자는 상당한 실력자인지, 거의 소리를 내지 않으면서도 말의 걸음에 뒤처지지 않게 빠른 속도로 따라오고 있었다.

로렌이 미리 주의하지 않았더라면 눈치채지 못할 작은 소리였지만, 로렌은 등 뒤에 신경을 집중시키고 있었고 그래서 간신히 소리를 잡아낼 수 있었다.

'로를웨도 눈치가 아예 없는 편은 아니로군.'

엘리시온의 경이를 처음 목격했을 때, 로렌이 무심코 보인 반응에 대해서는 두 가지 해석이 나올 수 있다. 말도 안 되는 쓰레기를 보았을 때의 반응이거나, 아니면 말도 안 되는 보물을 보았을 때의 반응이다.

기본적으로 로를웨는 전자라고 생각은 했지만, 후자일 가능성도 아예 없진 않다고 판단한 것 같았다.

아니라면 로렌의 뒤에 미행이 붙을 이유가 없다.

로렌이 마법사란 게 밝혀졌다지만 아직 그렇게 유명한 편은 아니다. 애초에 로렌이 마법사란 정보 자체를 손에 넣은 인물이 한정되어 있을 터였다. 남작, 델라크, 로를웨 정도일까.

이 중에 로를웨와의 접선 장소에서부터 로렌을 미행하도록 명령을 내릴 만한 인물은 로를웨뿐이다.

'더 끌어들여야겠군.'

로렌은 미행이 붙은 걸 눈치채지 못한 척, 조지 2세로 하여금 이제까지와 똑같이 느긋하게 걷도록 했다.

여기서 지금 당장 미행해 오는 추적자를 처치하는 건 그리 좋은 방법이 아니었다.

로렌이 사용할 방법은 마법이다. 현 시대에 마법사는 아주 드물다고 할 수는 없지만 그럭저럭 희귀한 존재다. 이런 인적이 드문 곳에서 마법으로 추적자를 처치하면 로렌이 한 짓이라는 게 금방 들통난다.

로렌은 자신의 마법 수준에 관한 정보를 최대한 감추고자 했다. 로를웨는 로렌이 수습 마법사 수준이라고 착각하고 있었고, 이 착각은 되도록 유지시키는 편이 로렌에게 유리했다.

그러니 로렌은 적어도 다른 마법사가 있는 곳까지는 가야 했다. 그리고 그 다른 마법사란 적어도 이 근방에서는 다른 사람이 없었다. 레윈이다.

아가씨가 있는 저택 별채까지 침입자를 끌어들이는 건 다소 저어됐지만, 일이 이렇게 된 이상 어쩔 수 없는 일이었다.

남작 저택의 대문에서부터 저택의 본관이나 별채까지는 거리가 꽤 된다. 그리고 그 사이는 잔디밭으로 이뤄져 있었다.

잘 정비된 잔디밭에는 몸을 숨길 만한 수풀이나 나무 따위는 없었다. 저택 본관은 언덕 위에 있었고, 본관에서부터 대문까지는 훤히 내려다보였다. 적의 침입을 쉽게 발견하기 위한 조처였다.

즉, 로렌이 대문을 통과해 버리면, 추적자들은 더 이상 미행해 들어올 수 없게 된다. 대놓고 따라올 거면 그건 더 이상 미행이 아니니 말이다.

"그러니 여기에서 처치해야지."

아무리 남작 저택이 침입자를 쉽게 발견할 수 있는 구조로 되어 있다 한들, 정작 감시할 사람이 없으면 아무런 소용이 없다. 그리고 마침 남작은 하인들을 모조리 해고한 참이다.

하기야 감시하는 하인이 있다고 한들 사전에 필란이나 로를웨가 구워삶아 버리면 끝인 이야기니, 하인이 있든 없든 별 상관이 없다.

어쨌든 이대로 로렌이 대문을 통과해 버리면 미행해 온

추적자는 경비가 뜸해진 틈을 타 별채까지 침입해 올 것이다.

그걸 내버려 두느니 차라리 여기에서 처치해 버리는 것이 낫다.

남작의 저택 대문 쪽으로 다각다각 걷던 조지 2세의 말 머리를 로렌은 기습적으로 추적자 쪽으로 돌렸다.

추적자는 미행을 들킨 것에 놀란 건지, 아주 약간 반응이 늦었다.

"이랴, 이랴!"

조지 2세는 로렌의 갑작스러운 달리라는 지시에 다소 짜증을 내긴 했지만, 순순히 속도를 내주었다.

추적자는 말을 타고 있지 않았고, 그렇기에 로렌을 쉽게 따돌릴 수는 없을 것이다. 추적자도 같은 생각인지, 등을 돌려 도망치는 대신 칼을 뽑아 들었다.

로렌은 달리는 말 위에서 주문을 완성시켰다. 아무나 할 수는 없는 곡예였지만, 주문의 효과는 즉각 발휘되어 추적자를 덮쳤다.

펑!

"뭐야?!"

로렌은 놀라 눈을 크게 떴다. 추적자가 자신을 노린 로렌의 스터너 전격을 휙 피해 버렸기 때문이었다. 스터너는 지면에 꽂혔다.

평범한 인간이 낼 수 있는 순발력의 범주를 가볍게 초월한 추적자의 몸놀림에 로렌은 다소 당황하면서도 바로 다음 주문을 준비했다. 스터너는 간이 마법이지 즉시 시전으로 쏜 것은 아니라서 마법 서킷은 아직 과열되지 않았다.

"일단 좀 느리게 만들어야겠군."

로렌의 손끝에서 냉기가 맺히기 시작하더니, 곧 얼음덩어리가 되어 추적자를 향해 날아갔다.

스터너보다 훨씬 느린 얼음덩어리의 속도에 추적자는 코웃음 치며 쉽게 피해 버렸다. 그런 추적자의 판단에 로렌은 회심의 미소를 지었다.

슈우욱!

"어억!"

예상외의 현상에 놀라 추적자의 입에서 비명이 쏟아져 나왔다. 추적자가 피한 얼음덩어리가 갑자기 확 커지면서 그자의 몸을 빨아들여 버린 것이다.

로렌이 방금 투척한 주문의 정체는 화염 폭발의 반대 주문이었다. 폭발을 반대로 구현화해 타격점을 중심으로 주변의 것들을 빨아들이면서 열을 빼앗는 효과를 지녔다. 반대 주문에 이름은 딱히 없지만, 굳이 붙이자면 냉기 수축이라고 해야 할까.

에너지를 확 터뜨리는 화염 폭발에 비해 위력은 크게 떨어지지만, 이런 상황에서는 더 낫다.

"이제 좀 됐군."

로렌은 다음으로 준비한 스터너를 썼다. 추적자는 당황하며 피하려 했지만, 차갑게 굳어버린 근육은 제대로 기능하지 못했다.

펑!

"끄악!"

스터너는 정확히 추적자의 심장에 꽂혔다. 순간적인 심장마비에 추적자는 꽤나 고통스러워하는 기색이었다. 그러라고 쏜 마법이다. 로렌은 차가운 눈초리로 추적자를 바라보면서, 조지 2세의 등에서 내려왔다.

"흠."

로렌은 다섯 발자국 정도 거리를 두고 추적자가 움직일 수 있는지에 대해 확인했다. 그리고 그는 주문을 다시 외웠다.

펑!

"으어어억!"

"역시, 아직 마비가 덜 걸렸었군."

로렌이 사용하는 스터너에 대한 정보가 새어 나가 있었던 건지, 추적자는 움직일 수 있었다. 그 증거로, 오른팔에 꽂힌 스터너에 반응해 왼팔이 번쩍 들어졌다. 심장에 납판이라도 대서 스터너의 직격을 피한 모양이었다.

왼팔에도 마저 스터너를 박아 넣어 완전히 움직이지 못하게 한 후에나, 로렌은 추적자에게 접근했다. 얼굴을 가린 추적자의 두건을 벗기자, 처음 보는 얼굴이 드러났다.

"역시, 그랬군."

직접 보는 건 처음이지만, 아는 사람이었다.

추적자의 정체는 다름 아닌 필란의 정보 조직인 '오크의 피' 섬멸 작전 때 놓친 수장이었다. 남작은 오크의 피 수장의 몽타주를 이미 확보한 상태였고, 그 몽타주는 로렌도 본 적이 있었다.

'하늘로 솟았나, 땅으로 꺼졌나 했더니만. 로를웨의 비호를 받고 있었군. 이러니 아무리 찾아도 발견할 수가 없지.'

남작의 정보망이야 처음부터 별로 도움이 안 됐지만, 델라크의 정보망에도 전혀 걸려들지 않은 건 이상했다. 아예 도시나 마을에서 떠났다면 모를까. 아니, 그렇더라도 아예 자취를 감춰 버린 건 지나치게 부자연스러웠다.

하지만 로를웨에게 의탁했다면 이야기가 달라진다. 앞뒤가 다 맞아든다. 제아무리 델라크라 한들, 로를웨보다 영향력이 크진 않으니까.

로렌이 마법사라는 걸 알게 된 경위에 대해서도 설명이 된다. 남작의 저택에서 쫓겨난 하인들은 오크의 피 소속이었고, 로렌이 마법을 사용하는 모습을 목격한 이도 없지는 않을 테니까. 조심한다고 했지만, 그래도 새어 나가는 건 새어 나가는 법이다.

로렌은 마비된 수장의 양다리와 팔을 묶고, 마비가 풀리길 기다렸다. 끙끙거리던 신음이 잦아들 때쯤, 로렌은 수장에게 질문을 던졌다.

"날 왜 미행해 왔는지 물어봐도 될까? 아니, 그 전에 누가 당신을 보냈지?"

"…대답할 의무는 없다."

수장의 대답에 로렌은 픽 웃었다.

"스웬인가?"

로렌의 말에도 수장은 입을 다문 채였다.

"스웬이로군. 그렇지?"

"…날 떠볼 셈이라면 그만두는 게 좋을 거다."

마치 스웬으로 착각해 줬으면 하는 것 같은 반응이었다. 로렌이 예상한 대로, 스웬이 보낸 추적자는 아닌 것 같았다. 그렇다면 자동적으로 수장을 비호한 것은 로를웨라는 뜻이 된다.

"당신은 오크의 피 수장이었지?"

수장의 눈동자가 잠깐 흔들렸다. 암살을 주력으로 하던 정

보 조직의 수장치고는 표정을 잘 숨기는 편은 아닌 것 같았
다.

하기야 스터너를 맨몸으로 피해 버릴 정도의 실력자다. 붙
잡혀서 심문을 당한다는 경험 자체가 처음일지도 모른다.

"이제 왜 날 미행해 왔는지 물어볼 차례로군."

수장은 아예 입을 단단히 닫아버렸다.

"대답할 마음은 없는 모양이로군. 유감이야. 어지간하면 남
작님을 위해 당신을 확보해 두는 선택을 했겠지만, 이렇게 된
이상 죽여야겠군."

아무리 남작을 위한 것이라 한들, 로렌은 자신이 로를웨와
접선해 왔다는 것을 남작에게 숨겨야 했다. 그러니 남작에게
이자를 넘기는 건 불가능했다.

그리고 로를웨에게도 자신의 마법 실력에 대한 정보를 숨겨
야 했다. 그런데 이 오크의 피 수장을 잡느라 이미 화염 폭발
의 반대 주문을 사용하는 모습을 보였고, 스터너의 연사도 보
여주었다.

아무리 로렌이 이자를 확보했다고 한들, 이자의 입이 앞으
로 화근이 되지 말라는 법이 없었다.

결국 답은 한 가지밖에 없었다.

죽여야 했다.

"자해할 기회를 주지."

로렌의 말에 수장의 눈동자가 이번에도 흔들렸다. 그리고 로렌이 몇 초 기다렸는데도, 그는 죽지 않았다. 입안의 독 캡슐을 깨물어 죽기엔 충분한 시간이었다.

"왜? 당신이 이끌던 오크의 피 조직원들은 임무에 실패하면 재깍 죽던데? 이건 당신의 지시로 이뤄진 거 아닌가?"

로렌의 일침에 수장이 시선을 피했다.

"그, 그건……."

수장은 말을 더듬으며 변명하려는 듯 보였다. 그러나 다음 순간, 수장은 벌떡 일어났다. 묶어두었던 팔다리의 밧줄은 어느새 풀려 있었다.

날카로운 칼날이 로렌의 목을 노렸다. 칼이 다가온 속도는 로렌이 예상한 것보다 빨랐다.

그러나 큰 의미는 없었다.

빠직, 하고 전격 한 줄기가 수장의 몸 안으로 침입했다. 이것은 스터너의 뇌전이 아니었다.

전격 폭발이었다.

쾅!

폭발은 수장의 몸 안에서부터 일어났고, 화염은 수장의 몸 전체를 집어삼켰다.

푸스스스.

그 자리에는 한 줄기 연기만이 남았다. 수장의 시체는 처음부터 존재하지 않았던 것처럼 사라졌다. 밤공기에 흩어지는 한 줌 재가 전부였다.

"후… 긴장했군."

로렌은 식은땀을 닦아내야 했다. 잘못하면 죽을 뻔했다. 괜히 여유 부리다 정말로 위험에 처할 수도 있었다. 표정 관리가 어설펐던 걸 보고 약간 방심했던 게 화근이었다. 아니, 어쩌면 그것조차 방심을 유도하기 위한 함정이었을지도 모른다.

그건 그렇고 그가 이번 생에서 처음 죽인 마부도 그랬지만, 오크의 피 조직원들은 상식적으로 불가능한 속도로 움직이는 능력이라도 있는 것 같았다. 순간적으로 엄청난 속도로 움직였기에 로렌은 반응하지 못할 뻔했다. 조금만 반응이 늦었더라면 정말로 죽었으리라.

"어떤 특별한 능력이라도 사용한 걸까?"

마법으로도 도약 같은 주문을 활용해 순간적인 움직임을 취할 수 있지만, 그건 마법의 힘으로 자신의 신체를 특정 방향으로 집어던진다는 개념에 가깝다.

수장의 움직임은 마법처럼 보이지 않았다. 애초에 수장이 마법의 달인이었더라면 조금 전 대결에서 그렇게 무력하게 패배하진 않았을 것이다.

그러니 로렌이 모르는 어떤 능력을 사용해 신체 능력을 순간적으로 급격하게 끌어 올렸다고 생각하는 것이 이치에 맞았다.

"아직도 배울 게 많군."

로렌 하트 시절엔 마법 외에는 큰 관심이 없었기에 그냥 넘어간 것들이 이제 와서 눈에 띈다. 이런 식으로 움직이는 전사나 암살자 따위를 처음 보는 건 아니었지만, 그 힘의 근원에 크게 관심을 가진 건 아니었다. 마법을 사용하지 못하는 잡것들의 잡기술이라 여겼을 따름이었다.

지금 생각해 보면 꽤나 오만한 사고방식이었다. 하긴 그때는 정말로 따로 관심을 둘 필요가 없었기에 기억도 안 날 정도로 묻어둔 거고, 지금은 뭐라도 배울 생각이기에 관심을 가지는 정도의 차이다.

오크의 피 수장을 살려둔다고 그에게 이 능력이나 기술에 대해 배울 수도 없었겠지만, 로렌은 괜히 아쉬웠다.

"뭐, 또 인연이 있겠지. 이 기술을 쓰는 게 이놈뿐만인 것도 아니고."

이미 끝난 일이다. 후회해 봐야 소용도 없는 일이고, 다른 선택지도 없었다.

로렌은 자리를 깨끗하게 치우고 다시 조지 2세의 등에 올랐다.

　　　　*　　　　　*　　　　　*

　로렌이 남작가 저택의 별채에 돌아왔더니, 로비에 놓인 의자에 앉아 책을 보고 있던 아가씨는 그가 돌아온 걸 보고 고개를 들었다.

　"아, 왔어?"

　늦은 밤이었다. 다들 잠드는 것이 당연한 늦은 시각. 아가씨는 자지 않고 로렌의 귀가를 기다리고 있었다.

　"주무시지 않고……."

　"내 선택이야."

　로렌의 말을 끊고, 아가씨는 고집스럽게 말했다. 이 고집을 어떻게 꺾을까.

　"…알겠습니다."

　"응, 그래."

　아가씨는 만족스러운 듯 웃었다.

　"로를웨가 뭐래?"

　로렌은 이미 아가씨에게 자신이 누굴 만나러 가는지 말해둔 상태였다.

　아무리 로렌이 마법사라 한들, 적진 한가운데에 몸을 던지는 셈이었으니 걱정이라도 한 것 같았다. 안도하는 기색이 눈에 띄었다.

"아가씨, 아직 안 졸리십니까? 이야기가 조금 길어질 것 같습니다만."

"조금 졸리긴 하지만, 중요한 이야기라면 들을 생각이 있어."

"눈과 귀가 없는 곳으로 가시죠."

"내 방으로 가면 되겠네."

아무리 로렌이 아직 12살이라지만, 이 아가씨는 너무 무방비한 것 같았다. 로렌이 두 번째 생애를 보내고 있다는 것을 그녀도 이미 알고 있음에도 불구하고 자기 방으로 끌어들이는 데 아무런 망설임이 없었다.

하지만 아가씨 방이 가장 안전하다는 걸 아는 로렌은 그냥 고개를 끄덕였다. 초대해 주는데 거절하는 것도 실례이니 말이다.

'그리고 그딴 걸 신경 쓸 상황도 아니지.'

로렌은 품속에 든 상자를 어루만졌다.

*　　　　*　　　　*

그런데 아가씨의 방에는 눈과 귀가 있었다.

다름 아닌 샤를로테였다. 노예 신분이었던 로어 엘프 샤를로테가 무려 대공의 소공녀인 아가씨 침대에서 푹 잠들어 있는 건 사회 전반의 상식에 비추어 보면 대단히 이상한 일이었지만, 로렌은 크게 이상하게 여기지 않았다.

로렌은 오히려 차라리 잘됐다고 생각했다.

"샤를로테도 아가씨 상대로는 마음을 여는군요. 다행입니다."

자신과 함께 온 로어 엘프인 베르테르와 알베르트에게조차 마음을 열지 않고 항상 긴장한 상태로 쭈뼛거리던 샤를로테가 이렇게 마음 놓고 푹 잠들어 있다는 건 그녀가 아가씨를 상대로 어느 정도 마음의 문을 열었기 때문에 가능한 일이었다.

"내 방으로 끌어들이는 데까지 고생 좀 했어, 헤헤."

아가씨는 멋쩍게 웃었다.

"아, 그런데 눈과 귀가 없는 곳을 원했지. 미안."

"아뇨, 샤를로테라면 괜찮습니다."

괜찮은 이유는 샤를로테가 혀가 없기 때문도 아니고, 지금은 곤히 잠들어 있기 때문도 아니다. 제자인 샤를로테를 신뢰하기 때문인 건 맞지만, 이유가 그것뿐인 것만은 아니다.

아가씨 방의 커튼을 전부 내리고 주변에 듣는 귀가 없는지 일일이 다 점검한 후에나, 로렌은 품속에 소중하게 끌어안고 있던 상자를 꺼내어 아가씨에게 내밀었다.

"뭐야, 이거? 반지?"

"…열어보시죠."

뭐라고 반론하는 것도 피곤해서, 로렌은 그냥 열어보라고만 했다. 농담이 먹히지 않은 탓인지 조금 삐친 표정인 아가씨는 그럼에도 얌전히 상자를 받아서 열었다.

"이건… 뭐야?"

'쓰레기?'라는 말이 환청처럼 들렸지만, 아가씨는 그런 말 하지 않았다.

"손에 들어보시죠."

로렌의 말을 듣고 아가씨가 구슬 파편을 손에 들자, 그 파편은 밝게 빛나기 시작했다.

"뭐, 뭐야?! 이거!!"

아가씨는 놀라서 다시 파편을 상자 안에 집어넣어 버렸다.

'예상 이상이다!'

엘리시온의 경의가 주는 혜택은 공짜가 아니다. 애초에 이 보물이 웰시 엘프에게만 반응하는 이유는 웰시 엘프에게만 존재하는 특수한 자원에 반응하기 때문이다.

불을 계속 태우는 데 장작이 필요하다는 건 상식이지만, 특별한 장작에만 반응하는 불이라는 건 이 세상에 없다. 하지만 엘리시온의 경이는 그런 불이라 비유할 수 있다. 웰시 엘프의

'무언가'만을 태워서 은혜의 빛을 내는 기물.

그 '무언가'란 웰시 엘프의 '고귀함'이다.

고귀한 웰시 엘프의 손에 이 보물이 쥐여졌을 때, 보물은 진정한 힘을 발휘하게 된다.

고귀함이 파워 소스라니 듣기에 실로 기괴한 소리지만, 원체 신의 연대에 만들어진 기물은 일반 상식으로의 이해를 불허한다.

이 엘리시온의 경이를 다루기 위해, 웰시 엘프들은 최대한 고귀한 삶을 살려고 노력한다. 고르고 고른 최고의 음식만을 먹고, 최고급 옷감과 귀금속과 보석으로 몸을 치장하고, 이슬을 모아 목욕하며, 황금 침대에서 잠을 잔다.

엘리시온 왕국이 무너진 지금은 웰시 엘프들도 그 정도까지 사치스러운 삶을 살지는 못하지만, 일반인들과 비교도 안 되는 호사스러움을 지금도 누리고는 있다.

하지만 엘리시온의 경이에 대해 모르는 지역에 사는 웰시 엘프들은 별다른 생활 능력도 없는데 지원도 받지 못해 나락으로 떨어지고, 때로는 로어 엘프로 전락해 노예로 팔려 나가는 일마저도 생긴다.

즉, 웰시 엘프가 지금 누리는 것들은 전부 엘리시온의 경이를 다루게 하기 위한 권력자들의 조치란 걸 알 수 있는 부분이다.

하지만 로렌이 생각하기에 그런 것들은 모조리 헛된 짓에 불과하다.

드레스는 고사하고 평민들이나 입을 법한 소박한 평상복을 입은 채 편히 생활하며, 로어 엘프와 같은 침상에서 잠을 청하고, 직접 만든 맛없는 요리를 먹어치우는 이 라핀젤 발레리에 넬라라는 웰시 엘프는 사치스러움과는 거리가 멀었다.

'그런데도 보라, 이렇게 찬란한 빛을 발하는 엘리시온의 경이를. 고귀함이란 먹는 음식과 몸에 두른 비싼 사치품에서 나오는 것이 아니라는 무엇보다 확실한 증명이다.

로렌은 흥분을 감출 수가 없었다. 자신의 오랜 가설이 밝혀지는 순간이었다.

"로렌?"

속사정을 모르는 아가씨는 그런 로렌에게 의아한 눈빛을 보낼 뿐이었다.

*　　　　*　　　　*

"엘리시온의 경이?"

아가씨는 그렇게 되물었다. 로렌은 고개를 끄덕여 대답했다.

"예, 이건 그 파편입니다."

"이게 어떤 물건인데?"

"아주 강력한 힘을 발휘하는 보물이지요."

"빛을 뿜어내는 게?"

"그뿐만이 아닙니다."

로렌은 샤를로테를 내려다보았다.

"다시 한 번 엘리시온의 경이를 손에 쥐고, 이번에는 샤를로
테의 입안에 손가락을 넣어보시죠."

"엥? …설마."

아가씨는 의외의 말에 잠깐 놀랐다가, 어떤 답에 도달했는
지 놀란 표정으로 로렌을 바라보았다.

"한번 해보시죠."

"으, 응."

아가씨의 손끝은 살짝 떨리고 있었다. 왼손은 엘리시온의
경이로, 오른손은 샤를로테로. 엘리시온의 경이가 빛을 내기
시작하고, 그 빛은 아가씨의 몸을 통과해 샤를로테의 입안에
퍼져 나갔다.

"으음……."

수면을 방해받은 샤를로테가 신음 소리를 내었지만, 아가씨
는 아랑곳하지 않았다. 깜짝 놀라서 샤를로테의 입안을 손가
락으로 휘저어보며, 아가씨는 외쳤다.

"있어! …생겼어!!"

샤를로테는 혀가 없다. 예전에 잘려 나갔다. 잘려 나간 지 너무 오래된 탓에 마법으로는 더 이상 회복시킬 수 없고, 그래서 영원히 재생되지 않을 거라 믿었던 샤를로테의 혀.

그 혀가 지금 샤를로테의 입안에 있었다.

그야말로 기적. 이적.

이것이 이 보물의 이름으로 '엘리시온의 경이'가 붙게 된 이유였다.

"이 보물은 무한한 힘과 영광을 약속합니다. 가진 자의 고귀함이 유지되는 한은 말이죠."

그 무한한 힘과 영광은 은혜를 입는 자들에게 강건하고 완전한 신체와 넘치는 생명력을 보장한다. 샤를로테가 입은 은혜는 '완전한 신체' 쪽으로, 결손되었던 혀는 물론이고 잘려 나갔던 귀까지도 새로 나 있었다.

엘리시온의 경이가 발하는 은혜는 인류뿐만 아니라 가축과 작물에까지 미쳐서, 왕국에 영원한 풍요를 약속하는 보물이기도 했다. 주변국들이 열악한 위생과 식량 생산의 한계로 성장이 멈춰 있는 동안, 엘리시온 왕국은 엘리시온의 경이가 뿜어내는 은혜를 입어 독보적인 국력을 쌓을 수 있었다.

그렇기에 엘리시온 왕국은 단일 종족의 단독 국가임에도

연합국을 상대로 대등하게 싸울 수 있었던 것이다.

"이런 보물을 갖고도, 그것도 이런 파편이 아닌 완전한 보물을 갖고도 전쟁에 지다니⋯⋯. 엘리시온 왕국은 대체 어떻게 망한 거야?"

"간단합니다. 불을 피우려고 해도 장작이 없으면 몇 분도 안 가 꺼지죠."

엘리시온 왕국의 웰시 엘프들은 신성한 존재로 취급받았다. 그것은 물론 엘리시온의 경이가 내리는 은혜를 자신들의 힘으로 포장했기 때문에 가능한 일이었다.

자신들의 특별함을 강조하기 위해, 일반 시민인 하이어드들은 물론이고 로어 엘프들에게마저 엘리시온의 경이의 존재는 철저하게 비밀에 부쳐져 있었다.

하지만 엘리시온 왕국과 주변 연합국과의 전쟁이 길어지면서, 엘리시온의 경이는 일선의 병사들을 회복시키고 치유시키기 위해 더욱 많은 '고귀함'을 태워야 했다. 그렇게 엘리시온의 경이가 과용되기 시작하자, 왕국의 모든 웰시 엘프가 고귀함을 소진해 버리고 말았다.

그 사실에 애가 탄 나머지 지배층인 웰시 엘프들은 예전보다 더욱 사치스러운 생활을 했지만, 그런다고 잃었던 고귀함이 돌아오지는 않았다.

그 사치를 위해 전시에 시민들을 더욱 쥐어짜야 했고, 그렇기에 내부의 결속도 무너지고 병사들의 사기도 저하되어 시민들의 불만도 커졌다.

고귀함이 돌아오지는 않았으니 엘리시온의 경이는 더 이상 작동하지 않았고, 일선에 나가 싸우던 병사 엘프들은 크고 작은 상처의 자연 치유가 현저히 느려지고 급격히 쇠약해져 병에도 걸리기 시작했다.

상처야 회복 마법으로 견딜 수 있었다지만 정말로 치명적이었던 것은 전염병이었다.

그동안은 엘리시온의 경이 덕에 위생 따위는 신경도 쓰지 않아도 됐던 엘프들이었다. 그리고 최전선에 가까울수록 위생과는 거리가 멀어지는 건 지극히 당연했고.

엘리시온의 경이가 더 이상 작동하지 않게 된 시점에서부터, 작은 감기도 엘프 전군에 확 번져 버리는 건 자연스러운 현상이라고까지 일컬을 수 있었다.

그럼에도 전선의 병사들은 어째서 자신들이 갑자기 약해졌는지도 모른 채 그저 그들은 그동안 일상적으로 받던 은혜가 끊기자, 갑작스럽게 쇠약해졌다고 느낄 따름이었다.

그리하여 그들은 전투에 패배하고, 전쟁에서 패배하고, 노예가 되었다.

엘리시온 왕국은 그렇게 멸망했다.

"그럼 나도 이걸 영원히 사용할 수는 없겠군."

아가씨는 자신의 손 위에 있는 엘리시온의 경이의 파편을 바라보며 말했다. 상자 위에 담겨 있기에 빛을 내고는 있지 않았지만, 그래도 이제 더 이상 쓰레기로 보이지는 않을 터였다.

"예. 그러니 아껴 쓰십시오."

로렌은 자신이 말하면서도 아가씨가 별로 그럴 거라고 생각하지 않았다.

라퓐젤 발레리에 넬라라는 사람은 모든 로어 엘프의 잘려나간 귀를 재생시키고도 남을 사람이다. 자신의 고귀함을 아껴두고자 할 거라는 생각은 들지도 않았다.

하기야 그런 라퓐젤의 성향이야말로 그녀가 고귀한 이유다.

적어도 로렌은 그렇게 생각한다.

"아껴 쓰시고, 비밀리에 쓰십시오. 이미 말씀드렸지만, 이 보물을 노리는 자들은 많습니다. 그리고 그들은 하나같이 위협적이고 위험한 이들이지요."

그렇기에 로렌은 그렇게 덧붙이지 않을 수 없었다.

"내 양아버지, 발레리에 대공처럼 말이지. 잘 알고 있어."

아가씨는 픽 웃으며 상자를 닫고 품속에 넣었다. 발레리에 가문의 인장이 든 주머니에 함께 들어간 것이리라.

"그래서?"

상자를 다 갈무리한 후, 아가씨는 로렌에게 물었다.

"이걸 받음으로써 내가 로를웨에게 줘야 하는 대가는 뭐지?"

"남작 후계를 정하는 투표의 투표권입니다. 하이어드 로를웨는 아가씨께서 갖고 계시는 다섯 표를 모두 자신에게 넣어 달라고 말했습니다."

의외의 대답에, 아가씨는 놀란 기색을 감추지 않았다.

"그게 전부야?"

"네."

로렌은 고개를 끄덕였다. 그러자 아가씨는 눈을 얇게 뜨며 로렌을 응시했다.

"네가 사기 친 건 아니고?"

"무지를 죄라고 말할 수는 없겠지만, 약점이라고 말할 수는 있겠지요. 저는 하이어드 로를웨의 그 약점을 찔렀을 따름입니다."

유창하게 그렇게 말하는 로렌을 아가씨는 비난하듯 노려보았다.

"이 사기꾼아."

"실망하셨습니까?"

"아니? 사기와 협잡으로 일을 풀어보겠다고 한 건 너잖아?"

아가씨는 장난스럽게 웃어 보였다.

"그래서? 난 어떻게 하면 되지?"

"로를웨가 원하는 대로, 로를웨에게 투표를 해주시면 됩니다."

로렌의 대답이 의외였던 듯, 아가씨는 다시 놀라며 되물었다.

"그래도 돼?"

"네, 비밀투표라고는 하지만 누가 누굴 찍는지 어차피 다 들킬 겁니다. 아가씨께서 괜히 로를웨의 반감을 사실 필요는 없죠."

준비되지 않은 채 갑작스럽게 주어진 민주주의란 그런 법이다. 모금액 90위까지만 표를 주는 걸 정확히는 민주주의라곤 할 수 없지만 그런 거야 아무렴 어떤가.

뻔하다. 표를 가진 자들이 능동적으로 표 팔이에 나서지나 않으면 다행인 수준이다. 누가 누굴 뽑을 건지는 쉽게 공개될 것이다. 만약 아가씨가 로를웨에게 투표하지 않는다면, 로를웨는 아가씨가 자신의 뇌물을 받은 채 그냥 입을 씻었다는 걸 바로 알 수 있게 되어 있다.

그러니 여기선 괜히 얕은 수를 쓰지 않는 편이 나았다.

"그리고 다섯 표 정도는 문제가 되지 않도록 만들 겁니다."

"네가?"

"네, 제가."

"믿음직하네."

"그렇죠?"

로렌은 빙그레 웃었다.

12장
라스트 스퍼트

로렌은 새벽 일찍부터 일어났다.

오늘은 잠을 세 시간밖에 자지 못했지만 시간이 지금밖에 없었으니 어쩔 수 없었다.

'그런데도 몸이 가벼워.'

어제 저녁에 걸어두었던 회복 마법 덕분만은 아니다. 달리 생각나는 원인은 하나뿐이었다.

엘리시온의 경이.

'그냥 옆에서 빛만 좀 쬔 건데도 대단하군.'

어쨌든 잘됐다 싶었다. 로렌은 델라크가 만들어준 각인검을 꺼내 들었다. 이제부터 이 검으로 숙제를 할 셈이었다.

'검술 10회!'

오늘은 델라크를 보러 가는 날은 아니었지만, 바로 어제 그런 성취를 맛보았으니 숙제를 안 할 수가 없었다. 시키지 않아도 할 숙제였다.

욕심 같아서는 20회씩 해치우고 싶지만, 로렌의 몸뚱이는 아직까지 평범한 12살 인간 소년의 수준이었다.

'그냥 시키는 것만 해야지.'

별로 능숙하지는 않지만, 로렌은 어찌어찌 델라크가 가르쳐 준 검술 연습을 소화해 냈다.

두 시간 후.

"아니, 10번도 제대로 못 채우는 거야?"

로렌은 스스로에게 실망해서 그렇게 내뱉었다. 사실 채우기는 채웠지만, 만족스럽지가 않았다.

온몸이 땀으로 젖어 불쾌했고, 근육들은 익숙하지 않은 운동에 비명을 질러대었다. 칼을 휘두르고는 있었지만 팔다리가 마음먹은 대로 올라가지가 않았다.

회복 마법을 써서라도 다시해 볼까 생각했을 때쯤, 인기척이 났다.

돌아본 로렌의 시선에 들어온 것은 샤를로테였다.

"스, 승… 님."

그녀는 울먹거리고 있었다.

"그래, 샤를로테."

로렌은 싱긋 웃어 보였다.

"말을 할 수 있게 되었군."

"감사, 감사합니, 다……!"

"왜 내게 감사하지? 아가씨께 감사하도록."

사실이 그랬으므로 그렇게 말했을 뿐이었다. 엘리시온의 경이에 대해 언급할 수는 없었기에 만약 샤를로테가 왜 아가씨에게 감사해야 하는지 물으면 대답할 말이 궁하긴 하지만, 사실은 사실이니까.

"네가 말을 할 수 있게 됐으니 이제 너도 제자를 받을 수 있겠군. 앞으로 각오 좀 해둬. 말하는 연습도 많이 해두고."

어쨌든 샤를로테가 질문할 타이밍을 빼앗기 위해, 로렌은 빠른 목소리로 그렇게 이어 말했다.

"네, 스승님!"

다행히 샤를로테는 더 이상 캐묻지 않고, 그저 환하게 웃었다.

'애가 이렇게 예쁘게 웃는 애였나?'

로렌은 처음으로 알았다. 그러나 그는 곧 픽 웃었다.

'그래봐야 어린애지.'

로렌은 샤를로테하고 육체적 나이는 1살밖에 차이가 나지 않지만, 그런 생각을 했다.

*   *   *

샤를로테에게는 그렇게 말했지만, 사실 새로운 로어 엘프를 사오는 데에는 꽤 시간이 걸리고 있었다. 남작이 돈을 아끼느라 그런 게 아니라, 필란의 끄나풀들을 솎아내느라 하인들을 모조리 저택에서 내보냈기 때문이었다.

그러니 자연히 그들이 맡고 있던 일들도 그 자리에서 중지되고, 그중에 로어 엘프 노예를 사오는 일도 포함되어 있었다.

"하인들이 없으니 내가 직접 청소해야 하는 건 귀찮아죽겠더군."

남작은 로렌에게 그렇게 불평했다. 오히려 신경 쓰이는 건 그쪽인 듯 보였다.

그도 그럴 만했다. 저택은 급격히 더러워지고 있었다. 남작은 그냥 하인들 전부를 저택에서 내보내는 걸 선택했기에 일어난 일이었다.

남작이 스스로 청소를 한다고는 해도 자신의 침대와 책상 정도였다. 남작도 새로운 하인들을 찾고는 있지만, 시간이 좀 걸리기는 하는 모양이었다. 하기야 지금은 사람을 뽑는 것도 전부 다 남작이 혼자 알아서 직접 해야 했으니 시간이 걸릴 만도 했다.

"식사는 어떻게 하고 계십니까?"

"응? 아아."

로렌의 물음에 남작은 소탈하게 웃으며 이렇게 대답했다.

"사과 한 상자 배달시켜다가 그거 먹고 있네."

그걸로 괜찮겠냐고 물었더니, 당분간은 괜찮다는 대답이 돌아왔다. 과거에 암살 위협에 시달리던 때 사과로만 1년을 버틴 적도 있다는 이야기와 함께.

어쩌 이상하게 자랑스러워하는 남작에게, 로렌은 이렇게 말했다.

"사과 안에 독액을 주입할 수도 있으니 조심하십시오."

백설공주 이야기였다. 물론 그건 지구의 동화니 이 세계의 인간인 남작은 못 알아챘겠지만. 어쨌든 핵심은 알아들었는지 '으, 응' 하고 고개를 끄덕였다.

그거야 뭐 어찌 됐든, 이제 마지막 모금까지 사흘을 남겨두고 있었다. 모금액 순위는 다음과 같았다.

공동 1위: 로를웨, 스웬, 필란 / 모금액: 1만 크로네
4위: 델라크 / 모금액: 3천 크로네

한 마디로 여전하다고 할 수 있었다. 모금액이 더 이상 늘어나지 않자 남작은 약간 실망한 기색이었지만, 이렇게 될 걸 예상은 한 것 같았다.

"곧 움직임이 있을 겁니다."

그런 남작에게 로렌은 그렇게 진언했다.

필란이 행방불명되었다는 소문이 이미 사방팔방으로 퍼져나간 후였다.

필란이 고용했던 용병단은 이미 필란을 찾는 걸 포기하고 다른 주인을 찾아다니고 있다는 소문도 들렸다. 필란은 꽤 오랫동안 임금 지급을 미뤄왔던 터라, 충성심 같은 건 남아 있지 않은 것 같았다. 그나마 전 주인의 곡물 창고를 습격해서 밀린 월급을 강제 징수하지 않은 점은 평가해 줄 만했다.

로를웨가 손을 썼다는 뒷소문은 전혀 들리지 않는 걸로 보아, 로를웨는 일을 꽤 깔끔하게 처리한 것 같았다. 웃기게도 필란을 납치한 범인은 스웬일지도 모른다는 뒷소문은 돌았다. 두 사람의 평소 이미지 차이를 알 수 있는 부분이었다.

어쨌든 행방불명이 되어버린 필란은 더 이상 모금하지 않을 테니 모금액을 1만 크로네만 넘기면 피선거권을 손에 쥘 수 있다. 그러니 잘하면 자신이 세 자리 중 하나를 차지할 수 있을지도 모른다. 다른 군소 하이어드들 사이에서 그런 생각이 퍼져 나갈 만도 했다.

그런 하이어드들 중 딱 두 명만 낚이더라도 모금 레이스는 벌어질 터였다. 로렌은 그렇게 예상하고 있었다.

그리고 로렌의 예상은 적중했다.

*　　　　*　　　　*

그날, 오전부터 하이어드 한 명이 남작의 저택을 찾아왔다. 남작에게 달리 하인이 없었으므로, 로렌이 대신 이 자리에 나와 남작의 시중을 들고 있었다. 더 지위가 높은 상대와 독대를 하려는 것이 아닌 이상, 귀족 곁에는 수발을 들 하인이 있어야 한다.

하기야 전에도 이런 일이 있었다. 지금은 행방불명되고 없는 필란이 찾아왔을 때였다. 생각해 보니 꽤 오래전 일이었다.

본래 그의 일이 아닌 일을 해야 한다는 건 약간 짜증 나기는 했지만, 찾아온 하이어드의 얼굴을 직접 보고 관찰할 수 있다는 점은 괜찮은 메리트였다. 그래서 로렌은 찾아온 하이어드를 슬쩍 바라보았다.

처음 보는 얼굴이었다. 성장은 끝났지만 노화되지 않는 것으로 보아, 나이는 고작해야 50대 정도로밖에 보이지 않았다. 다만 그 귀 끝은 늘어지기 시작해 하이어드인 것을 증명해 주고 있었다.

"글렘이라 하옵니다, 남작님."

글렘.

로렌은 속으로 그 이름을 굴려보았다. 이름은 들어본 적 있는 것 같았다. 로렌 하트의 기억 속에는 없지만, 로렌의 기억 속에는 있다. 필란의 암살 대상 리스트에 올라 있던 이름이었다. 그로 보아 그럭저럭 영향력과 경제력이 있는 하이어드 같았다.

"내게 극경어체를 쓸 필요는 없네. 뭐, 상관은 없네만."

이상하게 긴장하고 있는 글렘에게, 남작은 따뜻한 목소리로 말했다.

"여기까지 오느라 고생 좀 했겠군. 마차를 제공해 주지 않은 건 미안하게 생각하네. 마부가 내 손님을 죽이려고 하는 바람에 해고시켰거든."

"아닙니다, 문지기가 대신 말 한 마리를 내어주어서 그걸 타고 왔습니다."

"그래, 그렇게 하라고 했지. 자네가 말을 탈 수 있어서 다행이로군."

문지기는 내쫓기지 않았다. 남작은 문지기의 이름도 모르니

딱히 애착이 있었던 것은 아니었다. 저택 안에 있었던 고용인인 것도 아니거니와 필란의 입김도 닿지 않은 자였기 때문이었다. 게다가 문지기 자리를 아예 비워두는 것도 그리 좋지는 않다는 판단도 작용했다.

"무슨 일로 찾아왔는가?"

글렘은 마른침을 꿀꺽 삼켰다.

"모금에 참여하러 왔습니다."

글렘이 모금에 참여하는 것은 이번이 처음이었다. 투표권을 따기 위한 모금조차도 하지 않은 것 같았다. 어쩌면 그 스스로도 필란이 자신의 목숨을 노리고 있음을 알고 있었는지도 모르는 일이다. 아니라면 이 정도의 자산가가 얼굴조차 들이밀지 않을 리가 없으니까.

로렌이 어떻게 글렘이 자산가인 줄 알았냐면, 그가 가져온 모금액을 보고서 알았다.

모금액은 1만 1크로네였다. 델라크도 집까지 팔아서 3천 크로네를 가져온 정도니, 이 정도를 모금할 수 있을 정도면 상당한 자산가라 봐도 됐다.

어디서 소문이 샌 건지 모를 일이지만, 아니면 그저 우연일지도 모르지만, 어쨌든 이로써 금화 하나 차이로 글렘이 모금액 규모 1위가 되었다.

"자네가 1위일세."

남작의 말을 들은 글렘의 표정이 확 밝아졌다. 거래를 업으로 삼는 상인답지 않게 표정을 숨기지 못하는 남자인 것 같았다.

"감사합니다, 남작님!"

"감사할 게 무언가?"

남작은 아무렇지도 않은 듯, 1만 1크로네가 든 금화 상자를 로렌에게 넘겼다.

"용건은 이것뿐인가?"

"저, 저어……."

남작의 질문에 글렘은 주저하며 말했다.

"남작님께서 어린 로어 엘프를 모으고 계신다는 소문을 들었습니다."

글렘의 말에 남작은 눈썹을 꿈틀거렸다.

"듣기에 별로 좋은 소문은 아니로군그래."

"죄, 죄송합니다."

"아니네. 그래서 뭔가?"

글렘은 마른침을 한번 꿀꺽 삼키더니 큰 결심이라도 한 듯 결연히 말했다.

"가능하다면, 제 로어 엘프들을 진상하고 싶습니다."

남작은 눈빛을 바꿨다.

"…호오."

마침 남작은 아가씨에게 진상할 로어 엘프 공급이 늦어져 조바심을 내고 있던 차였다. 아가씨나 로렌이 특별히 재촉하거나 닦달한 적도 없지만, 로렌이 시야에만 들어와도 남작은 조바심을 낸다.

"모금액에 포함시킬 건가?"

"아니요, 그저 이 로어 엘프들을 진상받으시고 만약 제가 후계 후보로 오른다면 제게 표를 좀 넣어주시면 안 될까 해서 말입지요. 헤헤……."

"그거 괜찮… 크흠!"

남작은 화색을 띠다가 바로 헛기침을 하며 자신의 말을 접었다. 로렌과 눈이 마주쳤기 때문이었다. 로렌은 빠르고 조용하게 고개를 저었다.

"모금액으로 환산해서 받도록 하지. 자네가 그럴 의향이 있다면 말일세."

계산이 틀리자 글렘은 끄응, 하는 신음 소리를 한번 삼켰지만 곧 웃는 낯으로 말했다.

"알겠습니다. 아직은 1위지만, 나중에 어떻게 될지 모르니까요. 그럼 노에 상인과 함께 로어 엘프들을 보내겠습니다."

"그리하게. 아, 로어 엘프들은 내게 데려오지 말고 바로 별채 쪽으로 보내주게."

"별채 쪽으로 말씀입니까? 예, 알겠습니다, 남작님."

글렘은 주섬주섬 일어나 허리를 꾸벅꾸벅 숙이며 물러났다. 로렌이 그를 위해 문을 열어주고 배웅을 나갔다.

"후, 긴장했군."

"수고하셨습니다, 하이어드 글렘."

"그래."

글렘은 짧게 대답했다. 남작 앞과는 태도가 전혀 달랐다.

"듣자하니 남작님께서는 하인들을 다 내쫓으셨다더군?"

"예, 하이어드 글렘."

"그래서 자네 같은… 크흠! 아닐세."

로렌이 아직 어린 건 사실이니, 로렌은 글렘의 말에 토를 달거나 하지는 않았다. 그래서도 안 됐고 말이다.

"그럼 멀리 못 나오겠군. 내 알아서 나감세."

"송구합니다, 하이어드 글렘."

글렘은 로렌의 말에 대꾸하지 않은 채 뚜벅뚜벅 걸어 나갔다.

'저 정도면 평범한 축이지.'

글렘과 로렌이 아무리 같은 평민이라지만 자신은 사업체를 굴리는 자산가, 상대는 귀족의 밑에서 일하는 하인. 더군다나 한참 연하니, 무시하는 게 당연했다. 로렌은 별로 불쾌하게 생각하지도 않았다.

"저 글렘이란 작자가 괜찮은 로어 엘프들이나 많이 데려와

줬으면 좋겠군."

1만 1크로네로 이 레이스가 끝날 리가 없었다. 아마도 글렘은 손에 쥔 모든 로어 엘프를 데려와야 승부를 좀 할 수 있게 될 터였다. 로렌은 그날을 고대했다.

*　　　*　　　*

그 뒤로 두 명의 하이어드가 더 와서 글렘이랑 똑같이 1만 1크로네를 모금하고 갔다. 어제까지의 모금액 1위가 1만 크로네라는 소식이 어디에서 새긴 샌 모양이었다.

"아, 그렇군."

로렌은 뒤늦게나마 정보가 샌 장소를 추측해 낼 수 있었다.

"살아남은 '오크의 피' 조직원이 정보를 팔고 다니는 모양이로군요."

"어? 아, 그랬지. 못 잡은 놈들도 있었지."

필란의 정보 조직 '오크의 피'는 남작이 델라크의 용병들을 빌려 괴멸시키긴 했지만, 개중에는 도망친 놈들도 있었다. 그들 생존자 중에 모금액에 대한 정보를 지닌 이가 있었을 것이다.

원래대로라면 정보 조직의 조직원이 개인적으로 조직이 수

집한 정보를 팔고 다니는 건 금기 중의 금기지만, 조직도 괴멸됐겠다, 필란도 행방불명됐겠다, 수장도 로렌의 손에 죽었겠다, 푼돈이라도 벌어보자고 그 정보를 팔고 다녀도 이상할 건 없었다.

"그놈들 덕분이라고 해야 하려나?"

남작의 말에 로렌이 고개를 저었다.

"아니죠. 그놈들이 정확한 금액을 알려주지 않았다면 하이어드들이 돈을 더 많이 들고 왔을 수도 있으니 손해죠."

"아, 그게 그렇게 되나?"

남작은 그제야 심각한 표정이 되었다. 그런 표정을 지을 것까지는 없었다.

"하지만 이 정보의 유통기한도 오늘까지입니다. 오늘 왔던 놈들이 공동 1위란 말 듣고 입이 쩍 벌어지는 거 보셨잖습니까? 야망이 있다면 어디서든 돈을 더 구해서 들고 올 테니 너무 걱정하지 마십시오."

"그렇군!"

로렌은 지금 자신의 눈앞에 있는 이 인간이 '오크의 피'를 괴멸시킨 게 맞나 잠깐 의심했다. 눈치도 빠르고, 판단도 빠르고, 행동도 빨랐던 그때의 남작과 지금의 남작은 너무 달랐다.

'내 앞에서 연기하는 건가?'

그런 건 아닌 것 같았다. 그럴 이유가 없었으니까.

'그냥 그래야 할 때가 오면 갑자기 머리가 팽팽 돌아가는 타입의 인간인가 보지.'

그리고 그런 남작이 연기하는 남작보다 더 위협적이었다. 계산이 안 되니까.

'어쨌든 방심은 하지 말아야지.'

로렌이 그렇게 속으로 다짐하는 도중, 문지기 쪽에서 손님 하나가 더 찾아왔다는 전갈이 날아들었다. 소식을 전하는 파발은 파발마를 쓰고 손님에게는 짐말을 내어주도록 했으니, 준비할 시간은 충분했다.

로렌과 남작은 세고 있던 금화의 숫자를 종이에 적은 후, 장막 뒤에 숨겼다.

그렇다. 그들은 지금까지 금화를 세고 있었다. 앞서 찾아온 세 명의 하이어드가 금화를 맞게 가져온 건지 확인 중이었다.

전에는 하인들이 대신해 줬지만 지금 저택 내에 하인은 없으니 남작이 스스로 할 수밖에 없었고, 로렌은 그걸 도와주는 중이었다.

"얼른 새 하인을 뽑아야겠어."

금화를 다 옮긴 남작이 한숨처럼 말했다.

"그렇게 해주십시오, 제발."

로렌은 감히 한숨까지는 내뱉지 못했지만, 가시는 좀 돋친 말투로 그렇게 받았다.

＊　　　　＊　　　　＊

　오늘의 마지막 하이어드 모금자는 델라크였다.

　"7천 1크로네입니다, 남작님! 합치면 1만 1크로네! 제가 1위 맞죠?"

　의기양양한 목소리로 그렇게 외치는 델라크를 보고, 로렌은 자기도 모르게 웃음을 터뜨리고 말았다. 그런 로렌의 반응에 델라크는 눈을 휘둥그레 떴다.

　"아니, 로렌. 왜 그러지?"

　"공동 1위라네."

　남작이 대신 답해주었다.

　"예?"

　"그것도 네 명이나 말입니다."

　"예?!"

　로렌이 간신히 웃음을 참으며 말했다.

　"1크로네만 더 내시지요, 하이어드 델라크."

　델라크는 끄응, 하고 신음 소리를 냈다.

　"아니, 적어도 1만 크로네는 더 당겨 와야 할 것 같군. 로렌,

자네의 반응을 보아하니 말일세."

"그런데 이 거금은 갑자기 어디서 났나?"

남작이 끼어들었다.

"저 말고 이 거금을 낸 사람이 세 사람, 아니, 다섯 사람이나 더 있는데 그런 말씀을 하시니 아주 약간은 자존심 상합니다만 확실히 거금은 거금이지요. 뭐, 다 제 돈인 건 아닙니다. 북부상인연합을 결성해서 저도 그들로부터 모금을 좀 받았지요. 남부의 세 거두에 대항하기 위해서… 라는 명목을 내세웠습니다."

델라크의 말에 남작은 감탄한 듯 눈을 크게 떴다.

"호오, 머리 좀 썼군."

"지혜를 빌려준 건 로렌입니다. 세상에 저런 열두 살 소년이 있다니, 세상은 참 불공평하다 싶군요."

델라크는 머쓱한 듯 말했다.

정치라는 건 결국 머릿수 싸움이다. 설령 민주주의가 아니라 한들, 원시적인 추장 체제라 한들 본질적으로는 얼마나 많은 지지자를 모으느냐의 싸움이 된다.

그런 의미에서 본격적인 선거가 시작되기 전에 도당을 결성해 두는 게 좋다. 세 거두가 사실상의 연합을 결성하고 있는 이상, 반대 세력이 될 만한 또 다른 연합이 필요했다.

그래서 로렌은 미리 눈여겨봐 두었던 델라크에게 조언한 것이다.

다른 사람도 아닌 델라크에게 조언을 한 이유는 다른 게 아니다.

그냥 그가 4위였기 때문이다.

만약 글렘이 먼저 거액을 모금해 두고 4위에 랭크해 있었다면 로렌은 그에게 조언했을 것이다. 물론 글렘의 태도로 미루어볼 때 그가 로렌의 조언을 받아들일 가능성은 지극히 낮았겠지만, 어차피 그것도 만약의 이야기다.

결과적으로는 델라크는 북부상인연합의 결집을 이끌어내고 모금까지 받아내며 도당을 결성해서 세 거두와 대립하는 세력을 만들어내는 데 성공했다. 로렌의 노림수가 맞아든 셈이다.

"어쨌든 돈을 조금 더 가져와야겠군요. 아니, 조금은 아닌가. 두세 배 정도는 가져와야 계산이 맞겠다 싶습니다."

"아직 돈이 많이 남은 모양이로군?"

"사실 그 뒤의 선거 자금으로 쓰려고 남겨둔 돈인데, 후보조차 못 되어서야 말이 안 되죠."

말이야 호방하게 하고 있었지만, 델라크의 이마에는 식은땀이 송골송골 맺히고 있었다. 그가 얼마나 당황했는지 쉽게 알 수 있었다.

"그럼 남작님, 내일 또 뵙겠습니다."

"그렇게 하게."

델라크는 헐레벌떡 돌아가 버렸다. 그가 돌아가고 나자, 남작은 닫힌 문을 잠시 바라보고 있더니 한숨을 푹 내쉬었다.

"…로렌."

"예, 남작님."

"7천 크로네, 더 세어야 하겠는데?"

"……"

로렌은 남작 앞이고 뭐고 그냥 한숨을 푹 내쉬었다. 이럴 땐 그래도 된다.

* * *

"그래서 남작의 금화를 대신 세주느라 내게 마법을 가르쳐 줄 시간이 증발했다, 이거로군?"

"아뇨, 꼭 그렇다는 건 아닌데."

. 확실히 요즘 레윈을 상대하는 데 꽤 소홀해지기는 했다.

하이어드 레윈. 그를 하이어드 레윈이라고 부르면 화를 내기는 하지만 어쨌든 하이어드 레윈은 로렌이 로렌으로서의 생을 다시 시작한 뒤 처음으로 만난 아군이자, 마법을 가르쳐 주는 스승이자, 로렌에게서 마법을 배우는 제자였다.

로렌이 마음 놓고 별채를 비울 수 있는 것도 다 레윈 덕분이었다. 아가씨의 호위는 원래 레윈이 맡은 임무이기는 하지만, 그가 맡은 바 임무에 충실하기에 로렌은 밖으로 돌아다니면서 음모를 획책하거나 뒷공작에 몰두할 수 있었다.

더해서 란츠 드워프 탈란델에게서 각인기예도 배울 수 있는 거고. 물론 로렌이 각인기예를 배운다는 건 드워프를 싫어하는 레윈에겐 비밀이지만, 그거야 여하튼.

"죄송합니다, 레윈 씨."

결국 로렌은 사과를 했다. 그러나 레윈의 반응은 로렌의 예상과는 차이가 좀 있었다.

"아니, 네가 왜 사과를 해? 남작의 하인 고용이 늦어진 탓이지."

아무래도 레윈이 화를 내는 대상은 남작인 것 같았다. 그건 로렌에겐 다행한 일이었다.

"로렌… 이제 와서 솔직하게 밝히지만, 난 이제 네게 가르쳐 줄 게 거의 남아 있지 않아. 해봐야 앞으로 한두 번 정도겠지. 그에 비해 넌 내게 너무 많은 걸 가르쳐 줬어. 이제 슬슬 타산이 맞지 않을 시기가 된 거야."

로렌이 무슨 생각을 한 건지 알아챈 듯, 레윈은 그런 말을 했다.

"내 욕심을 말하자면 네게 내 전 재산을 넘기면서 마법을 계속 배우고 싶지만, 그래서는 안 되겠지. 아가씨한테 들었어. 요즘 세 시간도 못 자고 있다면서? 회복 마법으로 버티는 게 별로 현명한 방법이 아니라는 건 네가 한 말이잖아?"

"아가씨께서 그런 말씀을… 아니, 그럼 아가씨도 세 시간밖에 못 주무신 거 아니에요?"

로렌이 세 시간밖에 못 잔 걸 알려면 아가씨도 세 시간밖에 못 자야 한다. 그런 계산이 된다. 레윈은 고개를 끄덕여 로렌의 추측을 긍정해 주었다.

"그렇게 되겠군. 그러니까 너도 아가씨 걱정시키지 말고 숙면을 취하도록 해. 나한테 마법 가르쳐 주겠단 소리는 나중에 해도 되니까."

"…레윈 씨는 좀 더 욕심이 있는 분인 줄 알았어요."

"욕심이 왜 없겠어?"

레윈은 픽, 하고 쓴웃음을 흘렸다.

"난 그저 내 욕심에도 우선순위를 따지고 있는 것뿐이야."

"존경스럽네요."

"대마법사의 존경을 받다니, 영광인데?"

"지금은 아니라니까요."

"하핫."

알고서 놀린 거라는 듯, 레윈은 웃었다.

"그럼 오늘은 바로 씻고 자라. 달리 할 일이 있는 건 아니지?"

"…하나 있긴 한데요."

"미룰 수 없는 일이야?"

"아무래도… 마지막이 가까워져 오다 보니까요. 모금 종료일까지 이틀밖에 안 남았어요."

"정말로 마법 따위 가르쳐 달라고 할 수 있는 시기가 아니로군."

레윈은 한숨을 푹 내쉬었다.

"그럼 오늘 새벽 수업은 쉬고 아침까지 그냥 자라."

"네?"

새벽 수업이란 로렌이 로어 엘프들, 그러니까 베르테르와 알베르트, 샤를로테에게 마법을 가르쳐 주는 시간을 뜻한다. 평소에는 레윈도 참관해서 같이 수업을 듣는다.

"내가 대신 맡아주지."

"…그럼 부탁드릴게요."

로렌은 잠시 고민하다가 고개를 끄덕였다. 자기 일을 떠넘기는 것 같아서 한 고민이었지만, 레윈은 다른 식으로 받아들였는지 이렇게 말했다.

"그래, 너무 걱정하지 마라."

이번에는 로렌이 픽 웃을 차례였다.

"제게 마법을 가르쳐 주시는 분인데, 제가 수업 내용 때문에 걱정을 할 리가 없잖아요."

"그게 그렇게 되나?"

둘은 같이 한바탕 웃었다.

*　　　　*　　　　*

늦은 밤, 로렌이 찾아간 곳은 다름 아닌 로를웨와의 접선 장소였다.

"…범의 아가리에 스스로 기어 들어가는 느낌이로군."

바로 며칠 전, 로렌은 로를웨가 미행으로 보낸 오크의 피수장을 처치해 버렸다. 달리 목격자는 없었고, 흔적도 깨끗하게 치웠지만 혹시 모를 일이다.

만약 로를웨가 이 사실을 알고 있다면 어떻게 반응할지, 로렌으로서는 상상하기 힘들었다. 그냥 모른 척할 가능성이 가장 높긴 했지만, 적반하장으로 화를 내며 로렌을 죽이려고 들지도 모른다는 경우의 수도 완전히 배제할 수는 없었다.

그렇다고 안 들어갈 수는 없었다. 만약 이대로 로렌이 로를웨에 대한 발길을 끊어버린다면; 도리어 로를웨의 경계심을 사게 될 테니까.

이제 로렌이 해야 할 일은 자신에게 미행이 붙었던 것조차 몰랐던 둔하고 눈치 없는 이린애를 연기하는 것이었다.

접선 장소에 들어가자, 로를웨의 옆에는 여전히 칼 손잡이에 손을 얹은 검사가 시립하고 서 있었다. 그건 로렌으로서는 일단 다행한 일로 보였다. 만약 로렌의 마법 수준이 들켰다면 검사는 칼을 빼 들고 있을 테니까.

"라퓐젤 발레리에 넬라 전하께 내 예물은 잘 전해 드렸느냐?"

다소 긴장의 끈을 잡아당긴 로렌과 달리, 로를웨의 표정과 목소리는 평안했다. 아직 마음을 놓긴 이르지만, 일단 적반하장 격으로 화를 낼 것처럼은 보이지 않았다.

"예, 하이어드 로를웨."

로렌의 대답에, 로를웨의 표정이 다소 밝아졌다. 이 이야기는 로를웨에게도 중요한 이야기이기에, 그의 허리가 약간 앞으로 굽혀졌다.

"어떻게 말씀하시더냐?"

"귀한 보물을 진상해 주신 하이어드 로를웨에게 다섯 표를 약속하셨습니다."

로렌은 있는 대로 고했다. 그러자 로를웨는 안도한 듯 다시 등을 의자 등받이에 붙였다.

"호오, 그래? 네가 잘 말해준 덕분인 것 같구나. 수고했다."

로를웨는 로렌을 향해 금화 주머니를 밀어주었다.

"라푼젤 발레리에 넬라 전하께 내 예물을 잘 보내준 대가다. 받아두어라."

자신이 바친 예물이 어떠한 것인지 알고 있었다면 로를웨도 이런 식의 반응은 보이지 않았을 것이다. 역시 로를웨는 아직 엘리시온의 경이의 진가를 알아보지 못한 것 같았다.

찬란하게 빛나는 엘리시온의 경이를 직접 보았다면, 그리고 샤를로테의 잘려 나갔던 혀가 도로 자라난 것을 목격했다면 이런 반응은 절대 나올 수 없다.

이걸로 볼 때 로를웨가 남작 저택 별채에 따로 첩자를 박아 두지는 않은 것 같았다. 하기야 만약 첩자가 박혀 있다면 로렌에게 비싼 값에 정보를 사들일 이유도 없다.

'그건 그렇다 치지만… 정말 모르는 걸까, 아니면 모르는 척하는 걸까?'

아직까지는 미행에 관한 이야기는 한마디도 나오지 않았다. 당연하지만 로렌도 자신의 입으로 먼저 언급할 수는 없기에, 잠자코 있었다.

"그런데… 오늘은 그 보고만을 위해 날 찾아온 것이냐?"

다음으로 이어진 로를웨의 말은 로렌의 입장에선 다소 움찔할 발언이었다.

"아닙니다, 하이어드 로를웨."

하지만 로렌은 나행히 내색하지 않은 채, 미리 준비한 말을 이어낼 수 있었다.

"모금액 1위가 경신되었습니다."

"뭐? 누구지? 얼마야?"

로렌의 말에 로를웨가 놀라 자리에서 일어나며 물었다. 라핀젤에게 표를 약속받은 것보다 이게 더 중요하다는 것 같은 반응이었다.

피선거권을 잃어버리면 표를 약속받아도 아무런 의미가 없긴 하니, 로를웨의 반응을 비웃을 수는 없었다.

"네 명입니다."

"네 명이나?!"

"모금액 1위는 1만 1크로네입니다."

"허……."

로를웨는 다시 자리에 앉으며 혀를 찼다. 그는 잠시 생각에 잠겼다가 문득 어떤 가설을 떠올린 듯 고개를 들어 입을 열었다.

"남작이 괴멸시킨 오크의 피 조직원 중 생존자가 필란의 모금액에 대해 떠들고 다녔나 보군. 하기야, 돈이 되는 정보기는 하지. 지금 당장 나도 너한테서 정보를 사들이고 있으니 말이다."

역시 만만히 볼 상대는 아니다. 먼저 오크의 피에 대한 언급을 하면서, 로렌의 안색을 살피고 있었다. 로렌은 마른침을 삼키지 않기 위해 애쓰며, 되도록 멍청하게 보이도록 표정을 만들고는 대꾸했다.

"거기까지는 잘……."

로렌을 유심히 쳐다보던 로를웨는 문득 웃었다.

"되었다. 네가 알아들을 필요는 없지. 그래, 잘 알았다."

다행히 로렌의 연기는 잘 먹힌 것 같았다. 그는 재빨리 이어 말했다.

"모금액 1위 명단을 말씀드릴까요?"

마치 정보의 값을 올려 받으려 드는 탐욕스러운 첩자처럼.

"아니, 그것까지 들을 필요는 없겠군. 어디서 싸구려 정보를 사들인 떨거지들이겠지. 크게 신경 쓸 필요는 없을 것 같구나."

로를웨는 쯔쯔쯧, 하고 혀를 차더니 금화 주머니를 하나 더 꺼내서 테이블 위에 턱 올려두었다.

"이건 오늘의 정보값이다. 네가 아주 잘 말해주었다. 필란이 없어져서 여유 있을 거라 생각했더니, 정신이 번쩍 드는군. 고맙구나."

"아뇨, 감사합니다. 하이어드 로를웨."

로렌은 조심스럽고 비굴하게, 하지만 탐욕스럽게 금화 주머니를 집었다.

"밤이 늦었구나. 그만 돌아가 보거라."

"예, 하이어드 로를웨."

로렌은 고개를 조아리며 로를웨 앞에서 물러났다.

"후……."

로를웨와의 접선 장소에서 나온 로렌은 한숨을 푹 내쉬었다.

어쨌든 살아 나왔다. 또 미행이 붙을 가능성이 전혀 없지는 않지만, 일단 한고비는 넘겼다고 봐도 되리라. 로렌은 조심스럽게 주변을 살피며 자신의 말인 조지 2세의 등 위에 올라탔다. 조지 2세는 주인의 심정을 아는지 모르는지 따각따각 경쾌한 소릴 내며 걷기 시작했다.

로렌은 헐겁게 고삐를 쥐곤 생각에 빠졌다.

'어쨌든 이제 로를웨와의 접선은 그만두는 편이 좋겠어.'

굳이 오크의 피 수장의 일이 아니더라도, 여기까지 하는 게 좋았다.

로렌은 겉보기에 12살 인간 소년이고 그래서 상대의 허를 찌를 수는 있지만, 동시에 한계가 있다. 어린 천재는 필요 이상으로 경계심을 사는 경향이 있다.

로렌의 경우는 천재이기 이전에 이번이 두 번째라는 점이 더 크긴 하지만, 그건 더 들키면 안 되는 정보다. 쓸데없이 주목도를 끌어모을 필요도 없을뿐더러, 경계심을 품게 만들 이유도 없다.

그러니 이로써 로렌이 선거 전에 할 수 있는 마지막 공작이 끝난 셈이 된다. 더 이상은 건드려 봐야 탈만 나리라.

'원래 비장의 수는 초반에 까는 게 아니지.'

이걸로 다 끝나는 거라면 이야기가 다르겠지만, 모금액 레이스는 어디까지나 전초전에 지나지 않는다. 사실 그 뒤에 이어질 남작 후계 선거조차도 본 게임이라고 할 수는 없었다.

로렌은 마라톤을 해야 할 사람이었고, 스퍼트를 뛰기엔 아직 시기가 너무 일렀다.

*   *   *

다음 날.

로렌은 간만에 늦잠을 잤다. 기분이 상쾌했다.

"일어났어?"

어째선지 침대 옆에 아가씨가 앉아 있었다. 생글생글 웃고 있었다. 한쪽 손이 따듯했다. 아가씨가 자신의 오른손을 잡고 있음을 로렌은 뒤늦게 알았다.

"아가씨……."

"어때? 빛 하나도 안 나지?"

아가씨는 자신의 가슴을 가리키며 말했다.

'역시.'

좀 오래 잤다고 컨디션이 지나치게 좋다 싶었다. 아가씨가 엘리시온의 경이를 이용해 로렌을 완전한 상태로 만들어준 거였다.

"상자에 비밀 장치를 만들었어! 상자 한쪽 면을 깎아서 파편이 내 가슴에 닿게 만들었어. 이러면 빛을 내지 않고 파편의 능력을 사용하는 게 가능해져. 그리고……."

아가씨는 평상복의 둘째 버튼과 셋째 버튼 사이에 손을 쑥 집어넣어서 만지작거렸다. 그 동작은 보기엔 조금 민망했지만, 아가씨의 표정은 자랑스럽기만 했다.

"상자 안쪽을 다시 닫을 수도 있어. 이러면 안전해지지."

아가씨는 칭찬을 바라는 표정으로 로렌을 바라보았다.

"밖에서는 그러지 마세요."

로렌은 충심으로 말했다.

"어, 왜?"

로렌의 반응이 지극히 의외였는지, 아가씨는 눈을 휘둥그레 떴다.

"벌려진 옷 틈으로 가슴 보이니까요."

아가씨의 얼굴이 빨갛게 물들었다.

"로렌이 열두 살이 아니었다면 뺨을 때렸을 거야!"

"아가씨가 직접 보여주시고서 무슨 말씀을."

"몰랐지, 난!"

"앞으론 알아두세요."

"흥!"

아가씨는 삐친 듯 고개를 팩 돌렸다. 그러다가도 로렌 쪽을 힐끔거리다가, 먼저 다시 입을 연 건 아가씨 쪽이었다.

"어쨌든, 어때? 몸은?"

"아가씨 덕에 최고의 상태입니다만……."

로렌의 이어질 말을 아가씨가 싹둑 끊어버렸다.

"알고 있어. 남용은 금물이라 이거지? 오늘은 그냥 상자의 비밀 장치를 시험한 것뿐이야! …이런 걸 상담할 수 있는 상대는 로렌뿐이니까."

아가씨의 말에, 로렌은 다소 놀랐다.

"레윈 씨에게도 말씀 안 하셨나요?"

"응, 비밀이라며?"

그런 말을 하기는 했다.

"어디의 누구한테까지 비밀로 할 건지, 그리고 누구에게 어떻게 파편을 사용할 건지는 모두 아가씨가 직접 정하세요."

"응. 그래서 내가 정했어."

애초에 그럴 생각이었던 듯, 아니, 이미 그런 생각으로 움직이고 있는 건지 아가씨는 아무렇지도 않게 대꾸했다.

괜히 걱정했다는 생각에, 로렌은 웃어버리고 말았다.

"아가씨는 흔들림이 없네요."

"가슴에?"

"아니, 그거 말고요. 어린 남자애한테 성희롱하면 좋으십니까?"

"상대가 로렌이라면."

아가씨는 장난꾸러기 소년처럼 웃었다.

"넌 놀리는 재미가 있거든."

＊　　　　＊　　　　＊

아가씨 덕에 컨디션도 좋았겠다, 남작의 저택에 출근하기까지 시간도 좀 남았겠다, 로렌은 탈란델의 검을 뽑아 들고 휘두르기 시작했다. 한참을 몰두해서 칼을 휘두르고 있었을 때, 등 뒤에서 누군가의 목소리가 들렸다.

"왜 쉬라고 했는데 그러고 있지?"

레윈이었다. 그의 표정에는 불만이 가득했다.

"아, 레윈 씨."

로렌은 칼을 휘두르던 손을 멈추고 목소리가 들린 쪽을 돌아보았다.

"역시 잠 부족이 제일 큰 문제였던 것 같네요. 레윈 씨 덕분에 오늘은 푹 자서 컨디션이 좋아져서요. 몸을 움직이고 싶어 졌어요."

"후, 그래? 그럼 다행이고."

레윈이 입을 다물었기 때문에, 로렌은 다시 칼을 휘두르기 시작했다. 탈란델에게 배운 드워프식 검술을 엘프인 레윈에게 보이는 건 약간 켕겼지만, 그렇다고 굳이 숨길 일까지는 아니 다.

그런데 의외로 레윈은 로렌의 움직임을 유심히 관찰하더니, 문득 입을 열어 이렇게 말했다.

"그 검술은… 흥미롭군. 마치… 자신이 상대보다 키가 작을 거라는 걸 염두에 두고 만들어낸 것 같은 검술이야."

정확했다. 애초에 드워프가 만든 검술이니 당연하긴 했지 만 말이다. 아직 어려서 어른들보다 키가 작은 로렌에게도 잘 맞는 검술이기는 했다.

"누구한테 배웠지?"

"이 칼을 만들어준 사람이요."

애초에 속일 생각 같은 건 없었기에, 로렌은 바른 대로 말 했다. 물어보면 대답할 거라고 예전부터 생각해 왔던 터였 다.

"탈란델이라고, 드워프예요."

"아, 드워프. 과연……."

로렌이 생각한 대로, 레윈의 반응은 그다지 좋지는 않았다. 하지만 레윈의 표정은 곧 바뀌었다. 잠깐 뭘 생각하는가 싶더니, 마치 어디 가자고 꼬드기는 것 같은 말투로 이렇게 말했다.

　"네가 검술에 흥미가 있는 줄은 몰랐군. 엘프식 검술도 있는데, 혹시 흥미 있나?"

　"네? 엘프식 검술이요?"

　레윈에게서 나온 의외의 말에 놀란 로렌은 목소리를 다소 거칠게 내고 말았다.

　"그래. 그런데 반응이 왜 그렇지?"

　"엘프식 검술이라는 단어가 생소해서요."

　로렌의 솔직한 답에, 이번엔 레윈이 놀란 듯 눈을 휘둥그레 떴다.

　"네게도 생소한가? 하기야, 마법사라면 그럴 만도 하겠지."

　"레윈 씨도 마법사잖아요."

　"내 본직은 군인이니까. 마법 쪽이 오히려 부업이야."

　"군인이요?"

　"그래. 뭐, 사실 내 마법도 어디 가서 빠지는 축은 아니지만, 그것만으로는 대공의 소공녀를 단독으로 호위하는 이런 중요한 임무를 맡을 수는 없지."

　레윈은 자랑하듯 말했다.

그제야 로렌은 왜 레윈이 평범한 마법사들처럼 시기와 질투에 눈이 멀지 않았는지 알게 되었다. 레윈은 마법에 모든 것을 건 순수한 마법사가 아니다. 그렇기에 로렌의 빠른 성장을 보고도 로렌을 죽여야겠다고 마음먹지 않을 수 있었던 것이리라.

이야기를 들어보니 레윈의 가문은 대대로 군인을 업으로 삼아왔다고 한다. 엘프의 신체 능력을 이용한 독특한 검술과 검법을 통해 호위를 전문으로 하는 가문으로 이름이 꽤 알려졌다고도 말했다. 로렌은 몰랐지만 말이다.

하긴 레윈은 아직 자신의 성을 로렌에게 밝힌 적이 없다. 그렇다고는 해도 엘프의 검술 자체가 생소한 로렌은 가문 명을 들어도 여전히 모를 가능성 쪽이 더 높긴 했다.

"여전히 들어본 적 없다는 것 같은 표정이로군. 뭐, 마법과 마찬가지로 가문의 비전(秘傳)이라 원칙적으로는 다른 사람들에게 밝히는 게 금지되어 있어. 상대방이 모를 때 위력적인 검법이기도 하고."

그걸 이름이 꽤 알려졌다고 할 수 있나? 그렇게 태클을 걸지는 않았다. 그냥 로렌이 모를 뿐일지도 몰랐으니. 지난 생의 로렌 하트는 마법과 마력을 얻어낼 수 있는 배움 외에는 영 관심이 없었다.

"그런데 검술하고 검법은 뭐가 다른 거예요?"

조금 전에 레윈의 입에서 나온 단어가 신경이 쓰인 나머지, 로렌은 그렇게 묻고 말았다.

"마법사는 배움에서 마력을 얻어낼 수 있잖아?"

"네."

"엘프 검사는 엘프식 검술을 단련함으로써 단련의 힘을 얻어낼 수 있어."

단련의 힘. 어디서 들어본 소리다. 로렌은 고개를 갸웃거렸다. 아니, 조금 달랐다. 드워프는 검술을 단련함으로써 각인의 힘을 얻는다고 했다.

'그래도 유사하군.'

레윈의 설명은 아직 이어지고 있었다. 로렌은 생각은 나중에 하고 일단 설명을 듣기로 했다.

"검술로 쌓은 단련의 힘을 사용해서, 마법과 유사한 효과를 내는 게 엘프식 검법이야. 뭐, 말로 듣는 것보다는 한번 보는 게 낫겠지."

레윈은 자신의 검을 꺼내 들더니, 허공에 붕붕 휘두르기 시작했다. 드워프의 검술과는 달리 쓸데없는 동작이 꽤 많았다. 그러다가 문득 치명적인 빈틈을 노출했다.

펑!

"……!"

로렌은 놀라 눈을 휘둥그레 떴다. 치명적인 빈틈이 노출되었다고 생각한 순간, 허공에서 폭발이 일어나 그 빈틈을 메워 버린 것이다. 만약 로렌이 레윈과 검술로 대결했더라면, 빈틈을 찌르려다가 폭발에 휘말려 버렸을 수도 있었다.

"이런 거야."

레윈은 윙크했다.

"과연. 유사 마법 능력이로군요."

"마법사들은 다들 그렇게 말하더라. 뭐, 그 말이 맞긴 하지. 하지만 마력은 사용하지 않아."

"그건… 편리하겠네요."

마력을 소진해 버리더라도 여전히 비장의 수 하나는 남겨 두는 셈이다.

"어때? 이 정도면 대마법사의 가르침과 거래가 좀 될까?"

왜 이렇게 판촉에 열성인가 했더니, 그런 속내가 있었던 모양이었다.

하지만 로렌은 고개를 끄덕이며 말했다.

"네, 될 것 같네요."

일단 뭐든지 배워두자. 이게 로렌이 이번 생에서 취하기로 한 기본적인 스탠스였다.

*　　　　*　　　　*

모금 마감까지 이틀. 오늘은 저택에 손님이 찾아오지는 않았다.

"…폭풍 전야인가."

어제 금화를 세느라 지친 탓인지, 남작은 인력 사무소에 가서 적당한 하인과 시녀를 몇 명씩 데려온 참이었다.

그전에 이미 어느 정도 이력서도 받아둔 상태였고 면접도 몇 명 받아봤지만 보류하고 있었는데, 남작이 더 이상 이것저것 따질 생각도 접고 적당한 수준의 인선으로 타협했기에 당장 채용이 가능했다.

전임 사용인들은 이미 다 나가고 남아 있지 않았기 때문에 인수인계 같은 게 가능할 리도 없었고, 하는 수 없이 남작이 직접 지시 사항을 말해주고 있었다.

그래서 응접실에는 로렌이 혼자 남아 있었다.

사실 오늘 로렌이 남작의 저택에서 대기하고 있을 이유는 없었다. 그를 대신해 남작 곁에 시립하고 있어줄 하인도 새로 왔겠다, 그냥 자기 일을 보러 가도 된다.

하지만 남작이 오늘까지만 좀 같이 있어달라고 부탁했기에 거절할 수가 없었다.

"…흐음……."

그동안 꽤 바쁘게 돌아다녔다. 이렇게 멍하니 앉아 있는 게 얼마만인지, 사실 기억도 잘 나지 않았다. 그렇게 생각하고 나니, 이럴 수 있는 것도 꽤 의미 있는 일처럼 느껴졌다.

'아니, 착각이지.'

로렌은 픽 웃고 말았다.

그러고 얼마나 있었을까. 응접실 바깥에서 인기척이 들렸다.

"아, 로렌. 그대를 혼자 남겨둬서 미안하군."

"아뇨, 괜찮습니다."

남작이었다. 남작의 이마에는 귀족답지 않게도 땀이 송골송골 맺혀 있었다. 남작은 손수건을 꺼내 땀을 닦아내며 말했다.

"오늘은 아무도 찾아오지 않는군. 손님이 많이 올 줄 알고 각오했는데 말이야."

"이런 날도 있는 거죠."

"그야 그렇지만 말일세."

남작은 끙차, 하는 소릴 내며 응접실에 마련된 자신의 의자에 앉았다.

"후, 지치는군. 내가 직접 일을 한 것도 아니고 일을 시키기만 했는데 이렇게 지치다니. 나도 이제 나이를 먹었나?"

"그런 말씀엔 제가 뭐라고 대답해야 할지 잘 모르겠습니다만."

"그 젊음이 부럽군."

"젊다기보다 어린데요."

남작은 후, 하고 담배 연기라도 내뿜듯 한숨을 뿜어내었다.

"이번 일이 끝나면 그대는 어찌할 텐가?"

"주인님을 따르겠지요. 이제까지 그래왔듯, 앞으로도 계속."

"아니, 그대는 그럴 것으로는 보이지 않네."

생각지도 못한 남작의 발언에, 로렌은 무례하게도 남작을 똑바로 바라보고 말았다.

"그대의 주인님인 라푼젤 발레리에 넬라 전하께오선 특별한 분이시지. 일개 하인을 자신과 동등한 인격을 지닌 대상으로 대하시네. 하지만 내게는 그것뿐만은 아닌 것처럼 느껴지더군."

로렌은 얼른 남작으로부터 시선을 비켰다. 남작의 시선이 느껴졌다.

"내게는 그대 또한 특별한 존재로 느껴진다네. 그렇기에 전하께서도 그대를 동등하게 대하시는 게 아닐까, 그런 생각이 들더군."

아니, 그 아가씨는 누구든 동등하게 대하겠지. 로렌은 그 생각을 속으로 삼켰다.

"12살에 마법을 배운 마법사가 그리 흔하지는 않겠죠."

"아니, 그 이야기가 아닐세. 그깟 마법이 중요하겠는가?"

그깟 마법? 만약 로렌이 로렌 하트의 인식으로 세상을 바라보고 있었더라면 여기서 화를 냈을 것이다. 하지만 로렌은 잠자코 남작의 이어질 말을 기다렸다.

"그대에게는 지혜가 느껴지네. 현자의 지혜가."

"절 너무 높이 사시는군요."

"높이 살 만도 하지."

남작은 웃었다.

"나의 금고를 보게. 금화의 빛으로 가득하지. 이건 모두 그대가 채운 것일세. 첩자들로 차 있던 이 저택을 보게. 이젠 아무도 없지. 이 저택도 그대가 비운 것일세."

오늘 새로운 하인들과 시녀들을 데려왔으니 이제 비어 있지는 않지만, 로렌이 그렇게 태클을 걸기 전에 남작은 계속해서 말했다.

"이제껏 내가 아무리 발버둥 쳤어도 못해냈던 일을 그대는 불과 3개월 만에 해냈다네."

"…무슨 말씀이 하고 싶으신 겁니까?"

"로렌."

남작의 입에서 웃음기가 사라졌다. 그의 눈빛은 진지했다.

"내 후계가 되게."

폭탄 발언이었다.

"내 후계가 되어 그레고리 가문을 이어주게. 이 영지가 필

요하다면 그대에게 주지. 그대라면 이 가문을 부흥시키고도
남을 테니."

남작은 똑바로 로렌을 쳐다보고 있었다.

"귀족이 되게."

응접실을 침묵이 지배했다. 남작은 입을 다문 채 로렌의 답
을 기다리고 있었다. 로렌이 입을 열지 않는 한, 이 침묵은 영
원히 이어질 것만 같았다.

"…제가 이 일을 처음 시작할 때, 사기와 협잡이라 말씀드렸
지요."

결국 로렌은 입을 열고 말았다.

"하지만 그렇다고 한들 지켜야 하는 약속은 있습니다. 특히
나 위정자라면 더욱 그러합니다."

"약속을 지켜라, 인가. 아주 멀리 돌아가는 거절의 말이로
군."

남작은 쓴웃음을 지었다. 후계를 선거로 정했다면 그 결과
에 따라야 한다. 그러므로 로렌은 남작 후계가 될 수 없다. 그
런 의미를 내포한 로렌의 말을, 남작은 곧장 알아들은 모양이
었다.

"어느 정도 예상은 했네. 그대는 겨우 남작위의 후계 정도
로 만족할 인물은 아니지."

잔에 물을 따르며, 남작은 말했다.

"저를 떠보신 겁니까?"

로렌의 되물음에, 흐르던 물소리가 멈췄다. 남작이 물주전자를 들어 올린 것이다.

"오해는 하지 말게. 그대가 내 사람이 되었으면 하는 내 바람은 진심이었네. 하지만 동시에 그렇게 될 리는 없다는 생각이 든 것 또한 사실이야."

남작은 물을 마신 후, 잔을 다시 테이블 위에 올려놓았다.

"그대에게는 그대의 야망이 있군. 적어도 남작위보다 큰 야망이……."

로렌은 남작의 그 말에 대꾸하지 않았다. 대답하려면 거짓말을 할 수밖에 없었기 때문이었다.

"한 가지만 묻지."

"말씀하십시오."

"그대의 야망에 나는 방해가 되는가?"

"직접적이시군요."

"대답하고 싶지 않다면……."

대답하지 않아도 좋다. 그러나 여기에서 대답하지 않으면 방해가 된다고 말하는 것이나 마찬가지였다. 아직 로렌에게 있어 남작은 이용 가치가 남아 있는 대상이었다. 지금 남작을 적으로 돌려선 안 됐다. 그렇기에 로렌은 감히 남작의 이어질 말을 끊어가며 급하게 대답했다.

"대답하지 않는 것은 최악의 대답이 되겠군요. 그러니 말씀 드리겠습니다. 아닙니다."

로렌의 대답에 남작의 얼굴에 희색이 떠올랐다.

"정말인가?"

"오히려 남작께서 도와주시면 조금 더 빨리 끝날 일입니다."

"그건… 로어 엘프의 해방인가?"

로렌은 고개를 끄덕여 남작의 말을 긍정했다.

"남작님께서 남작령의 지배력을 확고히 다지시고 직접 영을 내려 로어 엘프를 해방시켜 주신다면 그것만큼 좋은 일은 없 겠죠."

"지배력을 확고히 다진다, 라……. 그건 지금의 내 당면 과 제이기도 하네."

남작은 어딘지 모를 먼 곳을 바라보며 말했다.

"허무하고도 이뤄질 리 없는 꿈이라고 생각했던 적도 있었 지. 그대가 여기에 오기 전까지는 말일세."

남작은 시선을 로렌에게로 돌렸다.

"나는 전하께 빚 하나를 지고 있지만, 그대에게도 지고 있 다고 생각하고 있네."

희미한 미소를 띤 채, 남작은 로렌을 바라보았다.

"로어 엘프를 해방시킨 뒤에 뭘 할 건지는 지금 굳이 묻지 않겠네. 그보다는 그대에게 요청을… 아니지. 부탁을 하나

하지."

로렌은 놀란 눈으로 남작을 바라보았다. 귀족이 평민에게 부탁을 하는 건 본래 있을 수 없는 일이었다. 왜냐하면 그냥 명령하면 되는 문제였으니까.

"내게 빚을 갚을 기회를 주게."

이야기가 이렇게 될 줄은 로렌은 미처 상상하지 못했다.

로렌에게 있어 그레고리 남작은 은인인 라퓐젤 발레리에 넬라를 죽인 첫 원수이자, 시대를 따라가지 못한 구귀족의 표상이자, 시대의 물결에 휩쓸려 버린 희생양이었다.

로렌이 그를 살린 건 그저 이용하기 위해서였다. 아직은 귀족이라는 계급이 약간은 의미가 있는 시대였으며, 영지를 가진 영주라는 점도 탐스러웠기 때문이었다.

그간 남작이 보여준 의외의 모습은 로렌에게 있어서는 그저 경계의 대상일 뿐이었다. 지금은 친한 척하고는 있지만, 언젠간 적이 될 수도 있는 사람. 로렌의 인식상에서 남작은 그런 대상이었다.

하지만 지금 남작이 보여준 모습은 어떠한가.

일개 하인에게 부탁을 한다.

일개 하인에게 부채감을 갖는다.

평범한 귀족이 이런 인식을 가진다는 건 지금 시대에선 말도 안 되는 일이다.

아무리 그 일개 하인이 대공의 소공녀를 섬기고, 12살이라는 나이로 마법사가 되었다 한들, 그런 것들은 계급 앞에서 아무런 의미도 없었다.

태어날 때 귀족이었다면 쭉 귀족이다.

몰락한 가문에서 저택 주변만을 실질적인 영향권으로 갖는다 한들, 아니, 오히려 그렇기에 더더욱 귀족임을 자랑스레 여겨야 했다. 자랑거리가 그것뿐일 테니까.

계급이란 게 의미가 없어진 시대라면 모를까. 아니, 계급이 사라진 현대 대한민국에서도 혈연, 지연 따져가며 사람을 위아래로 나누는 게 인간이다.

하지만 계급 사회에서 좀처럼 깰 수 없는 인식의 틀을 깨버리고, 남작은 말했다.

빚을 갚게 해달라고.

그것도 부탁을 했다.

지금 일어난 일을 그냥 넘어갈 수는 없었다. 긴장으로 인해 로렌의 어깨 근육은 딱딱하게 굳었고, 등을 타고 식은땀이 흘렀다. 받아들이기 힘든 명제였지만, 이 명제를 부정할 근거가 로렌에게는 없었다. 그 명제란 다음과 같았다.

'남작이 시대를 따라왔어.'

아니, 정확히는 따라왔다는 표현은 옳지 않다. 라푼젤이라는 시대정신이 열게 될 신시대가 찾아오려면 아직 멀었다. 어쩌면 라푼젤이 살아남는 이 역사에서는 신시대는 영원히 찾아오지 않게 될지도 모른다.

'시대정신을, 따라왔어.'

로렌은 그렇게 정정했다. 남작은 아가씨의 시대정신을 받아들일 수 있다. 그것이 가능한 인물임을 방금 스스로의 말로 증명했다.

즉, 남작은 아군이 될 수도 있는 존재였다.

지금까지 줄곧 이용 대상이자 잠정적인 적으로 여겨왔던 남작에 대한 인식을 바꿔야 할 시기가 찾아오고 말았다.

'계획을… 수정해야 될지도 모르겠군.'

로렌에게 있어서는 다소 부담스러운 궤도 수정이었다. 아가씨뿐만 아니라 그레고리 남작까지 살리게 되면 역사에 어떤 변수가 가해질까? 로렌은 바로 답을 낼 수 없었다.

더군다나 일이 이렇게 된 이상, 로렌은 대공을 적대시해야 될지도 몰랐다. 대공이라는 거대한 세력을 적으로 돌리게 되면 앞으로 꽤나 골치 아파지게 될 터였다.

하지만 그런 손익 계산을 차치하고, 감정의 영역은 어떠한가?

'대공은 자신의 이익을 위해 아가씨를 버림 패로 던졌어. 그리고 아가씨를 버림 패로 던진 이유는 남작령에 혹시 있을지도 모르는 엘리시온의 경이를 찾기 위해.'

있는지 없는지도 모르는 보물의 파편이 수양딸의 목숨보다 가치 있다고 생각했기 때문에, 대공은 아직 성인도 되지 않은 수양딸을 사지로 몰아넣었다.

대공의 그런 성향이 로렌은 마음에 들지 않았다. 전생의 기억 덕에 마법을 좀 익혔다고는 하나, 고작 12살 먹은 평민 신분의 하인이 할 생각은 아니었다.

그러나 로렌은 이미 그렇게 생각하고 말았다.

'약자의 편에 서서 강자를 토벌한다.'

어리석은 결정일지도 모른다. 하지만 로어 엘프의 해방이라는 대의를 이루기 위해서는 세상에 충격을 줘야 한다. 그런 의미에서는 이 결정이 지름길로 가는 선택이 될 수도 있다.

'…아니.'

로렌은 고개를 저었다. 지나치게 선택을 서두를 이유는 어디에도 없었다. 어쩌면 남작도 살리고 대공과도 척지지 않는 방법이 생길지도 모르고.

'그럴 가능성은 거의 없지만.'

아주 간혹 영민한 모습을 보이는 남작은 지금은 지극히 순진해 보이는, 순화하지 않는다면 멍청해 보이는 얼굴로 로렌을 보며 웃고 있었다.

"그 빚이란 건 일단 아껴두겠습니다, 남작님."

"어, 그러게."

남작은 상관없다는 듯 말했다. 로렌의 속에서 어떤 폭풍이 휘몰아치고 갔는지 눈치는커녕 낌새조차 모르는 듯 보였다.

*　　　*　　　*

아직까지는 모금액 규모로 공동 1위인 하이어드 세 명 중하나인 하이어드 글렘이 약속했던 로어 엘프들을 보내왔다.

정식 거래가 아니었기 때문에 로어 엘프들은 일괄적으로 500크로네의 가치로 산정되었다. 글렘은 총 11명을 보냈으므로 이 로어 엘프들을 모금액에 더해서 1만 5천 5백 1크로네를 모금한 셈이 되었고, 결과적으로 글렘은 잠정 1위가 되었다.

일괄적으로 보냈다고는 하지만, 그렇다고 보내져 온 로어 엘프 노예들의 질이 낮거나 떨어지는 것은 아니었다. '어리다'는 조건만 만족시켰을 뿐, 다른 부분에서는 상태가 매우 좋은 노예들만 보내져 왔다. 팔다리가 다 제대로 붙어 있는 건 물론이고, 외모도 하나같이 출중했다.

대외적으로야 로어 엘프들은 불가촉천민이라 눈조차 마주치면 안 되는데 외모가 무슨 상관이랴 싶긴 하지만, 뒤에서 이상한 짓거리를 하는 인간은 어디든 항상 있게 마련이고 그런 자들에게는 이런 어리고 예쁜 노예들이 꽤 비싸게 팔린다.

즉, 글렘은 손해를 감수하면서도 비싸고 좋은 노예만 골라 보냈다고 할 수 있었다.

하기야 글렘은 남작의 지지를 얻고 싶어 하는데, 이런 데서 어중간하게 장난을 쳤다가 남작의 분노를 사서는 안 될 거라 판단했을 것이다. 그런 의미에서는 의외라고는 할 수 없었다.

모금 마감일을 이틀 남겨둔 오늘의 모금은 이게 전부였다. 그리고 로렌의 남작 저택에서 소화해야 했던 일과도 끝이 나서, 로렌은 지금 아가씨와 함께 글렘이 보낸 노예 상인들로부터 로어 엘프들을 수령받고 있었다.

"그런데 하필 왜 다 여자애들이지?"

아가씨가 그렇게 물었다. 그 말대로, 보내져 온 로어 엘프들은 11명 전원 어린 여자애들이었다. 가장 나이가 많아 보이는 여자애가 11살로, 연령대도 상당히 낮았다.

"아무래도 하이어드 글렘이 남작의 취미에 대해 오해한 것 같습니다."

"그렇구나."

아가씨는 남작의 취향에 대해 관심도 없고 별 기대도 안 했는지 애매한 반응을 보였다.

"그럼 이제 애들 이름을 붙여줘야 하는데……"

"로렌."

네가 붙여라, 이런 말이었다.

"…알겠습니다."

로렌도 바로 알아듣고 대답했다.

가장 나이가 많은 아이부터 시작해서, 재뉴어리, 페브러리, 마치, 에이프릴, 메이, 준, 줄라이, 어거스트, 셉템버, 옥토버, 노벰버라 붙였다.

12명이 아닌 건 아쉽지만 상관없었다. 로렌은 원래 12월을 좋아하지 않았다. 크리스마스가 있기 때문이다. 가족이나 연인이 없는 이에게 크리스마스는 잔혹한 절기이다.

'쓸데없는 생각을 했군.'

로렌은 김진우였던 시절의 나쁜 기억을 털어버렸다.

어쨌든 로어 엘프들 가운데서도 상등품 취급을 받은 아이들답게 상태가 괜찮은 건 겉보기뿐만이 아니라 정서적으로도 그런 듯, 이름을 받자 들떠서 기뻐하는 모습도 보이고 있다. 확실히 처음 이 별채에 왔던 베르테르나 알베르트, 특히 샤를로테와는 분위기가 사뭇 달랐다.

재뉴어리, 페브러리, 마치, 에이프릴까지는 베르테르에게, 메이, 준, 줄라이, 어거스트는 샤를로테에게, 나머지 셉템버, 옥토버, 노벰버는 알베르트에게 맡겼다. 스승이라고 할 것까지는 아니고, 말하자면 선배나 조장 같은 역할을 기대하고 있었다.

"자, 그럼, 수업을 시작하지."

로렌의 말에 열한 명의 엘프 소녀가 눈을 빛냈다. 아무리 노예 상인에게 좋은 대우를 받았다 한들 노예로서의 대우일 뿐이었고 그들에게 제대로 된 가르침이 주어졌을 리 만무했다. 배움에 목마른 것은 이들도 마찬가지였다.

로렌은 교편을 들었다.

＊　　　　＊　　　　＊

아가씨의 표정은 심각했다. 방금 전에 로렌이 아가씨께 드린 질문이 원인이었다.

"양부를… 대공을 적으로 돌리는 것에 대해서 어떻게 생각하느냐고?"

장소는 아가씨의 방이었다. 지난번과는 달리 방에 샤를로테의 모습은 없었다. 샤를로테는 새로 데려온 로어 엘프들의 방에 갔다고 했다.

밤도 깊어가는 이때, 이 밀실에는 로렌과 아가씨 둘뿐이었다.

한밤중에 숙녀의 방에 몰래 찾아드는 건 신사가 할 행동은 아니었지만 로렌은 신경 쓰지 않았다. 로렌은 아직 겨우 12살 짜리 소년이었다. 안에는 백년도 더 묵은 구렁이가 똬리를 틀고 있다지만, 어쨌든 겉으로 보기에는 그랬다.

그리고 아가씨도 그를 그냥 소년으로 취급하고 있었으니, 아무런 문제가 없었다.

"엘리시온의 경이를 건네 드릴 때 설명했습니다만, 대공께서는 보물을 얻기 위해 아가씨의 목숨을 미끼로 던지실 생각을 하실 정도였습니다. 그런데 지금은 그 보물이 아가씨 손에 있으니… 대공께서 아가씨의 목숨을 노려도 이상할 것이 없습니다."

"그렇겠지."

아가씨는 반론하지 않았다. 로렌이 듣고 싶어 했던 말을 하지 않았다. 로렌의 생각이 틀렸다고, 대공은 그런 분이 아니시라고 말해주지 않았다.

로렌은 아직도 자신의 속에 발레리에 대공을 믿고 싶었던 마음이 남아 있었다는 것을 그제야 알았다.

아가씨는 따뜻한 손을 로렌의 뺨에 가져다 대었다.

"후후, 로렌. 내 양부가 내 목숨을 허투로 여긴 것에 분노하고 있구나."

아가씨는 부드럽게 웃었다. 로렌은 자기도 모르게 표정을 찡그리고 있었던 모양이었다.

"날 위해 화를 내주고 있구나."

"…당연하지 않습니까? 아가씨께서는 제 은인입니다."

"지금은 내가 네게 입은 은혜가 더 커. 목숨을 걸고 발레리에 가문의 인장을 되찾아다 주질 않나, 남작에게 단검을 맞고 죽을 뻔했던 걸 되살려 주질 않나."

아가씨는 후후훗 장난스럽게 웃으며 로렌의 뺨에서 손을 내렸다.

"그냥 솔직히 인정하는 게 어때?"

"뭘 말입니까?"

"나한테 반했다는 걸."

"아가씨……."

"알고 있어. 농담이야."

그렇게 말하는 아가씨의 눈빛에서 장난스러움이 빠져나가고 진지함만이 남았다.

"네가 전생의 내게 진 빚을 신경 쓰고 있다는 건 알아. 하지만 그건 지금의 내가 네게 입힌 은원 관계가 아니야."

"……."

로렌은 반론하지 못했다. 사실이었기 때문이다. 이미 일전에 한번 지적당한 것이었음에도, 로렌은 여전히 인식을 완전히 바꾸지는 못한 상태였다.

"대공의 세력은 커. 어지간한 국가보다도 큰 게 발레리에 대공령이야. 아무리 지난번에 대마법사였다고는 한들, 혼자서 그런 상대를 떠맡을 수는 없겠지."

아가씨는 덧없는 미소를 띤 채 말했다.

"날 살리기 위해 네가 대공께 대항해야 한다면, 차라리 그냥 날 죽게 내버려 둬. 너까지 목숨을 걸 필요는 없어."

로렌은 벌떡 일어났다. 그리고 아가씨를 쏘아보았다. 대단히 무례하고 불경한 행위였지만, 상관하지 않았다. 그의 심장에선 불꽃이 타오르고 있었다.

"그 명령은 받아들일 수 없습니다."

"명령이 아니야. 부탁이야."

"그렇다면 더더욱 받아들일 수 없습니다."

"로렌⋯⋯."

"더군다나 저희에게는 승산이 있습니다. 전 목숨을 초개처럼 버릴 생각은 아닙니다. 제 목숨은 물론, 아가씨의 목숨도요."

로렌의 말에 아가씨는 할 말을 잃고 로렌을 바라보았다. 로렌은 불을 내뿜듯, 계속해서 웅변했다.

"저는 처음에 이렇게 물었습니다, 아가씨. 대공을 적으로 돌릴 수 있으시겠냐고. 그건 제가 대공을 파멸시켜도 괜찮으시겠냐는 의미입니다. 다시 묻겠습니다. 아가씨, 대공을 적으로 돌릴 수 있으시겠습니까?"

아가씨는 한동안 멍하니 로렌을 바라보았다.

"로렌… 내가 어떻게 양부의 딸이 되었는지 아니?"

"모릅니다. 그런 건 역사서에 쓰여 있지 않았으니까요."

로렌의 대답에 아가씨는 희미하게 미소 지었다.

"그건 나중에 가르쳐 줄게. 일단 대답부터 먼저 할게."

그녀의 눈빛이 단호하게 빛났다.

"너와 양부 중에 고르라고 한다면, 나는 십중팔구도 아닌 십중십, 널 고르겠어, 로렌."

*   *   *

"라푼젤 발레리에 넬라… 이게 내 이름이지. 하지만 원래는 아니었어. 너도 이미 알고 있겠지만 발레리에의 이름은 발레리에 가문에 양녀로 들어오고 나서 붙은 거야."

어린아이에게 옛이야기를 들려주는 것 같은 목소리로, 아가씨는 조곤조곤 자신의 과거 이야기를 시작했다.

"웰시 엘프라고 해도 모두가 귀족의 보호를 받으며 편하게 사는 건 아니야. 아, 이것도 알고 있었겠네. 어쨌든 나는 그런 웰시 엘프였어. 태어난 곳은 천막이었고, 고향은 길 위지."

아가씨의 말대로 로렌도 알고 있다. 방랑 엘프라 불리는 자들이었다.

노예인 건 아니라서 이동에 제한은 없지만, 어디 한군데 머물러 사는 것도 금지된 자들. 아니, 정확히는 머물러 살 능력이 없는 자들. 그렇기에 그들은 계속해서 떠돌아다녀야 했다. 지구로 치면 집시와 같은 자들이라 할 수 있었다.

노예 신분에서 벗어나 자유로워진 로어 엘프나, 자기 자리를 마련하지 못한 웰시 엘프들이 주로 그런 족속에 속했다.

하이어드들은 대대로 물려받는 기술이 있기에 다른 종족 사회에 녹아들 수 있었지만, 마법을 금지당한 로어 엘프나 별다른 기술도 돈도 없는 웰시 엘프들은 그렇지 못했다. 결국 방랑밖에 답이 없었으리라.

아가씨가 그들과 같은 족속이었다는 것은 몰랐기에, 로렌은 다소 충격을 받은 채 멍하니 아가씨의 이야기를 들었다.

"태양 빛에 약한 우리는 낮에는 숲을 찾아 그늘에서 쉬고 밤에는 이동했어. 별을 등에 지고 걷는 여행이었지."

꽤나 로맨틱하게 이야기를 해주고 있지만, 당시의 생활은 말처럼 편안한 것일 수는 없었으리라. 로렌이 방랑 생활을 해보지 않은 것도 아니니, 그 고충은 이해하고 있었다.

"아주 어렸을 때 나는 주로 할아버지의 등에 업혀서 다녔는데, 그때마다 할아버지는 내게 옛날이야기를 해주시고는 했어."

크흠, 하고 한 번 헛기침을 한 후, 아가씨는 할아버지의 목소리를 흉내 내어 말했다.

"작은 아이야. 너는 왕의 혈통을 지닌 귀인이란다. 너는 이 세상 누구보다도 고귀한 존재. 지금은 별을 머리 위에 이고 이슬을 마시며 살지만, 잊지 말려무나. 자부심을 가지려무나."

그 목소리가 다소 우습게 들렸기에, 로렌은 웃어버리고 말았다.

"재미있지? 나는 할아버지의 그 말씀이 거짓말이란 건 알고 있었어. 아, 할아버지라고는 해도 친할아버지는 아니야. 그냥 같은 유랑 집단의 노인이었지. 어쨌든 그 할아버지는 당시의 생활을 비참하게 여겼고, 그렇기에 옛 왕국의 공주를 등에 업고 있다고 믿고 싶어 했어."

농경 사회와 달리, 유랑 집단에서 노인의 가치는 쉽게 하락한다. 많은 짐을 질 수도 없고, 걸음 속도도 느리며, 쉽게 쇠약해진다. 다른 중요한 일 대신 애보기를 떠맡고 집단에서 무시당하는 노인이 자신의 방랑 생활을 비참하게 여기게 되는 것은 그다지 이상한 일은 아니다.

"하지만 할아버지의 이야기는 재미있어서 나는 계속 조르곤 했어."

"그때 엘리시온 왕국의 이야기를 들으신 것이겠군요."

"그래, 맞아. 내가 역사에 흥미를 갖게 된 건 순전히 할아버지 덕이야."

그런 아가씨의 방랑 생활에 이변이 생긴 것은 그들 방랑 집단이 발레리에 대공령에 들어갔을 때였다고 한다.

"불가촉천민이 포함되어 있는 유랑 집단은 보고도 못 본 척하는 게 보통이지만, 발레리에 대공은 달랐어. 지위는 천민이라고는 하지만 자유민인 로어 엘프들을 모조리 잡아들여 귀를 자르고 노예 상인에게 팔아넘겼지. 그리고 웰시 엘프들은… 어떻게 됐을 것 같아?"

"귀를 자르고 노예 상인에게 팔아넘겼겠죠."

"상상력이 풍부하구나? 그런 일이 상식적으로 일어나겠어?"

로렌은 아가씨의 물음에 답하지 않았다. 아가씨는 로렌의 침묵을 무슨 의미로 받아들인 건지, 그를 잠깐 조용한 눈빛으로 바라보다 다시 입을 열었다.

"그런데 네 말이 맞아. 웰시 엘프들도 귀를 자르고 태양 빛에 며칠간 노출시켜서 피부병에 걸리게 한 후 로어 엘프라고 하면서 노예 상인에게 팔아넘겼어."

자신이 말한 답이 정답이라는 말을 들었음에도, 로렌은 아가씨의 말에 충격을 받아 아무 말도 하지 못했다.

웰시 엘프를 비롯한 다른 엘프들의 귀를 자르고 로어 엘프로 둔갑시켜서 노예로 팔아넘기는 짓은 실제로 일어났던 일이다. 로렌도 그건 알고 있었다. 그렇기에 로렌은 자신이 생각할 수 있었던 최악의 상황을 답으로 던졌다.

하지만 그게 정답일 줄은 미처 상상하지 못했다.

'다른 사람도 아닌 발레리에 대공이!'

로렌은 그렇게 생각하는 자신에게 놀랐다.

'난 아직도 대공에게 미련이 남아 있었나?'

라핀젤 발레리에 넬라가 희생양이 되었지만, 실제로 로어 엘프를 해방시켜 준 것은 발레리에 대공이다. 로렌 하트에게 있어서 발레리에 대공은 큰 은인이다.

그런 지난 생의 인식이 아직도 로렌의 안에 남아 있었던 모양이었다.

"나만 대공의 양녀가 된 이유는 아직 어려서 방랑 생활에 찌들지 않았기 때문이었어. 웰시 엘프로서의 고귀함을 완전히 잃지 않았기에 대공에겐 쓸모가 있었던 거야. 당시에는 이해하지 못했지만, 지금은 왜 대공이 그랬는지 알겠어. 이것을 사용하기 위해서였겠지."

아가씨는 품속의 상자를 꺼냈다. 엘리시온의 경이가 든 상자였다.

"대공은 이미 엘리시온의 경이의 파편을 몇 개 갖고 있다고 봐도 무방하겠군요."

"네 예상이 맞을 거야. 정황적으로… 그렇겠지."

아가씨는 그 정황에 대해 자세히 설명하려 들지 않았다. 로렌도 군이 캐묻지 않았다. 들어서 기분 좋은 이야기는 아니리라. 물론 입에 올리기에도 그럴 것이고.

"그동안은 줄곧 궁금했어. 왜 나만 노예로 팔려 나가지 않고, 심지어 대공의 양녀라는 신분을 갖게 된 건지. 이런 몸에도 맞지 않고 분수에도 맞지 않은 사치를 누리게 되었는지. 그 퍼즐의 마지막 한 조각을 네가 맞춰준 거야, 로렌."

그것이 불과 며칠 전의 일이었다.

"이제 내가 왜 대공보다 널 내 편으로 고르려는 건지 알겠지?"

"알겠… 습니다."

로렌은 간신히 대답했다. 그동안 가져왔던 인식이나 고정관념이 깨져 나가는 건 사실 그리 유쾌하지만은 않은 경험이었다. 그렇다고 아가씨의 발언을 부정하거나 의심할 생각은 들지 않았다. 모든 게 앞뒤가 맞았으니까. 의심의 여지없이.

"대공에게 복수할 마음은 없습니까?"

"없어."

아가씨는 딱 잘라 대답했다.

"내겐 더 우선순위가 높은 꿈이 있으니까."

"그건 로어 엘프 노예로 팔려 나간 과거의 유랑 집단 동지들을 구하기 위함입니까?"

"아니? 그들은 모두 죽었을 거야. 10년 전의 일이니까."

로어 엘프의 평균 수명은 30년이다.

어찌어찌 살아남은 로어 엘프가 3백 년 가까이 산다는 걸 감안하면, 수명의 평균이 30까지 줄어들기 위해 몇 명의 로어 엘프가 언제 죽어야 할까?

자유민이 아닌 노예가 되어버린 로어 엘프는 5년을 채우기도 버겁다. 대부분 그 전에 죽어버린다. 태어나자마자 모친에 의해 살해당하는 로어 엘프도 많고, 완전히 성장하기 전에 죽어버리는 로어 엘프도 많지만, 가혹한 노예 생활로 인해 죽어버리는 로어 엘프가 가장 많다.

"그들을 구하려면… 더 서둘러야 했지. 하지만 이미 모든 게 늦어버렸어."

단 한 명이라도 살아 있으면 기적이라고 봐야했다. 그리고 아가씨는 그 기적에 매달리지는 않았다. 로어 엘프들을 해방시킨다는 어찌 보면 구름 위의 꿈을 꾸고 있는 것치고는, 아가씨는 의외로 현실적인 면이 있었다.

"어쨌든!"

무거워진 분위기를 전환시키기 위해선지, 아가씨는 크흠, 하고 헛기침을 한번 했다. 그러고는 유쾌한 목소리로 로렌에게 말했다.

"내가 귀한 태생이 아니라는 걸 알았으니, 이제 존대하는 것도 그만둬."

"그런 짓을 했다가 다른 사람 눈에 띄기라도 하면 전 죽게 될 겁니다."

아가씨가 뭐라고 하든, 라푼젤 발레리에 넬라가 대공의 소공녀인 건 변하지 않는다. 사회적 인식이 그런 이상, 그냥 평민에 고아에 하인인 로렌이 아가씨에게 반말을 했다간 당장 잡혀가서 죽을 때까지 매질을 당하게 될 것이다.

"아가씨라고 부르는 것도 그만둬. 라푼젤이라고 불러."

하지만 아가씨는 로렌의 대꾸는 아랑곳 않고 계속해서 요구해 왔다.

"아가씨? 제 말 들리지 않으셨습니까?"

"둘이 있을 때만이라도. 응?"

아가씨는 어리광이라도 부리듯 로렌을 보챘다. 로렌은 그런 아가씨를 한동안 바라보다가, 무례하게도 한숨을 내쉬었다.

"…알았습니다."

로렌의 대답을 들은 아가씨는 한쪽 뺨을 잔뜩 부풀렸다.

"높임말도 그만두고."

"…알았습, 다, 라푼젤."

"그게 뭐야?"

라푼젤은 깔깔대며 웃었다.

　　　　　*　　　　　　*　　　　　　*

　로렌은 라푼젤이 잠들 때까지 옆에 있었다. 라푼젤이 손을 잡은 채 놔주지 않았기 때문이었다. 뿌리치면 되는 일이었지만, 뿌리치지 않았다.

　"할아버지가 말이야. 나랑은 아무 상관도 없는, 그저 날 떠맡았을 뿐인 유랑 집단의 그 할아버지. 대공의 병사들과 맞서 싸우면서 이렇게 외쳤어."

　목소리를 가다듬은 라푼젤은 할아버지의 목소리를 흉내 내서 말했다.

　"이분이 어떤 분이신 줄 아느냐! 엘리시온 왕국의 정통 후계자이신 라푼젤 넬라 폐하시다!! 감히 그 더러운 손을 어디다 올리느냐!!"

　조금 전에는 이 흉내를 듣고 웃었지만, 지금은 웃지 않았다. 웃을 수 없었다.

　"그 순간만은 나는 정말로 엘리시온 왕국의 정통 후계자일 수 있었던 것 같았어."

　하지만 라푼젤은 웃으면서 말했다.

　"그 할아버지가 죽는 순간까지… 그 전까지는."

　그렇게 말했다.

　"나는 엘리시온 왕국의 정통 후계자를 연기할 수 있었

어······."

*   *   *

라푼젤은 먼저 잠들었다.

로렌은 소리 없이 라푼젤의 침대에서 일어났다. 아무리 로렌이 12살 소년의 모습이라지만, 그래도 이 방에서 아침을 맞이하는 건 그다지 좋지 않았다.

특히나 레윈에게 들키는 건 상상조차 하고 싶지 않았다.

"아가씨는 잠드셨냐."

살금살금 발소리를 죽인 채 라푼젤의 방을 나오자마자, 로렌은 그 자리에서 꺼꾸러질 뻔했다.

"레윈 씨······."

"그래, 나다."

레윈은 빙긋 웃었다.

"이상한 오해 같은 건 하지 않을 테니 안심해."

"그건 다행이로군요."

로렌은 등 뒤에 흐르는 식은땀을 어떻게 닦아내야 할지 고민하며 대꾸했다.

"그래서? 아가씨가 반말 쓰라고 하디?"

로렌은 3초간 침묵했다.

"들으셨나요?"

"아니? 방의 방음이 얼마나 잘되어 있는지는 네가 더 잘 알 텐데?"

레윈은 짓궂게 웃어 보였다.

"내가 왜 아가씨에게 반말을 쓰는지 생각해 봐. 그냥 아가씨가 너한테도 그럴 때가 됐을 거라고 생각했던 것뿐이야."

"아, 그렇겠군요."

레윈은 하이어드고, 귀족이 아닌 평민이다.

하지만 그는 줄곧 라핀젤에게 평어를 써왔다. 그건 라핀젤허가 없이 이뤄질 수는 없는 일이었다.

그런데 레윈은 라핀젤을 여전히 아가씨라고 부른다. 라핀젤은 레윈에게 호칭까지 내려놓으라는 말은 아직 하지 않은 걸까? 로렌은 그걸 굳이 묻지는 않았다. 그보다 궁금한 게 있었기 때문이었다.

"그런데 레윈 씨는 어째서 여기에?"

"네게 물어볼 게 있어서 네 방에 갔는데 없더라고. 그럼 여기일 거라고 생각했지."

"왜 여기일 거라고 생각하셨죠?"

"그럼 달리 있나?"

로어 엘프들 방에 가서 자고 있을 리는 없으니, 확실히 달리 없긴 했다.

"…화장실이라든가."

짜내고 짜내서 낸 답이 그거였다.

"네 방에서 10분 정도 기다리다 나왔거든?"

"아하."

로렌은 그제야 납득하고 고개를 끄덕였다.

"아가씨가 요즘 널 부쩍 살갑게 대하더군. 흠, 좀 서운하긴 한데? 대공의 소공녀에게 반말을 하는 영광을 누리는 건 나뿐일 거라고 생각했는데."

레윈의 말투는 어디까지나 장난스러웠다. 그렇기에 로렌도 농담으로 받을 생각이 들었다.

"아가씨 앞에서 영광이라고 하면 화내실 걸요."

"그야 그렇겠지."

레윈은 훗, 하고 짧은 웃음을 흘렸다.

"그런데 물어볼 거란 게 뭐예요?"

"아, 이중 마법 서킷을 형성할 때 말인데."

이중 마법 서킷이란 건 말 그대로 마법 서킷을 두 개 동시에 생성하는 것이다. 그렇게 이중으로 만들어낸 마법 서킷에 동시에 마력을 공급하면 두 개의 마법이 한 번에 완성된다.

레윈은 얼마 전에 드디어 이중 마법 서킷을 생성시킬 수 있을 만한 경지에 다다랐다. 로렌의 가르침이 없었더라면 닿을 수 없었던 새로운 경지였다.

로렌 본인은 그 경지에 아직 달하지 못했다. 그의 마법 서 킷은 아직 미숙했고, 신체 나이를 더 먹어 성장시킬 필요가 있었다. 하기야 겨우 열두 살에 벌써 이중 마법 서킷을 다루 려고 하는 건 지나친 욕심이었다.

"두 개의 서킷에 반드시 동일한 양의 마력을 채워 넣을 필 요는 없어요. 하나씩 찬찬히 채워 나가도 상관없습니다. 하지 만 연습은 해두시는 게 좋을 거예요. 융합 마법에 필요하니까 요."

로렌은 레윈의 질문에 그렇게 대답했다. 융합 마법이란 건 말 그대로 두 개의 주문을 하나로 융합시켜서 새로운 효과를 창출하는 마법이다. 보통 1+1은 2라고 생각하기 쉽지만, 융합 마법은 1+1을 3으로도, 그 이상으로도 만들 수 있기에 반드시 익혀둬야 했다.

사실은 전격 폭발이라는 주문 자체가 융합 마법의 산물이 었다. 마법 화살에 전기적 특성을 얹고 화염 폭발 주문을 융 합시켜 만들어낸 주문인데, 이걸 하나의 서킷에 압축시켜 새 로운 주문으로 만들어낸 게 전격 폭발이다. 이 주문 또한 엘 리시온 왕국의 유산 중 하나다.

한동안 마법이 금지당한 탓에 마법의 발전은 멈춰 있는 상 태고, 후학들은 옛 유산을 복원하는 데만 온 힘을 쏟아야 했 다. 그리고 엘리시온 왕국 시대의 주문들보다 진보한 마법을 만들어낸 게 바로 대마법사 로렌 하트였다. 지금 시대의 이야기는 아니지만, 어쨌든 그렇다.

만약 레윈이 융합 마법을 능숙하게 다룰 수 있게 된다면 레윈은 지금 최첨단을 달려가는 마법사라 해도 됐다. 원한다면 대마법사를 자칭해도 될지도 모른다. 쓸데없이 시빗거리를 만들어서 좋을 시기는 아니니 그다지 추천할 만한 일은 아니지만 말이다.

"흠, 그렇군. 잘 알았다."

레윈은 로렌의 대답에 만족한 듯 고개를 끄덕였다.

"이 보답은 내일 새벽에 하도록 하지."

레윈의 말은 엘프 검술과 엘프 검법의 가르침을 뜻하는 거였다. 로렌은 하하 웃었다.

"그럼 내일 잘 부탁드립니다, 레윈 씨."

"그래, 그럼 오늘은 얼른 자야겠군."

"그렇겠군요."

로를웨에게 정보를 팔러 가는 일정을 생략했기에, 라핀젤과 늦은 밤까지 대화를 했어도 아직 수면을 취할 시간이 충분히 남아 있었다.

"잘 자라."

"안녕히 주무세요."

하필이면 라핀젤의 방문 앞에서 이런 대화를 나누는 게 좀 이상하긴 했지만, 어쨌든 그렇게 두 사람은 그렇게 밤의 밀회를 마쳤다.

*   *   *

다음 날 새벽.

로렌은 레윈에게서 루슬라 가문의 가전검술(家傳劍術)을 배웠다. 루슬라 가문이란 건 레윈이 태어나고 자란 가문의 이름이다.

"네가 익힌 검술의 이름을 말하고 다닐 필요는 없어. 하지만 만약 같은 검술을 사용하는 자를 만나면 루슬라 가문 출신이거나 그 관계자일 가능성이 높으니 일단 이름은 알아두도록 해."

레윈은 그렇게 말하면서 자신의 가문 명을 밝혔다. 자기소개치고는 굉장히 늦은 편이었지만, 평민인 하이어드 주제에 성이고 가문이고 운운하는 건 사실 사회적인 금기에 속했기에 아무 데서나 밝힐 수는 없는 것이긴 했다.

그 루슬라식 검술은 탈란델의 란츠 드워프식 검술에 비해 단련이 쌓이는 효율이 낮았다. 레윈이 말하는 '단련의 힘'이라는 게 따로 쌓이는지도 로렌 자신이 체감하기 힘들었고.

검법을 사용할 수 있게 된다면 체감이 될지도 모르지만, 겨우 이틀째 배우는 주제에 그런 걸 따질 수야 없었다.

그렇다고 루슬라식 검술을 배우는 게 무의미하지는 않았다. 강한 검과 단단한 갑옷, 그리고 드워프 특유의 강인한 생명력을 믿고 저돌적으로 돌진하는 스타일의 란츠 드워프식 검술에 비해 루슬라식 검술은 엘프의 낮은 근력을 보완하고 순발력을 살리는 스타일이라 드워프만큼 튼튼하지는 않은 로렌에게 더욱 효과적이었기 때문이다.

작은 동작으로 적의 공격을 흘리고 피하면서 자신의 체력을 온존시키며 적에게는 생채기를 조금씩 누적시켜 지치게 만든 후 치명타를 꽂는다는 컨셉이 로렌의 마음에 들었다.

문제는 로렌은 엘프가 아니기 때문에 엘프만 한 순발력을 갖추지 못했다는 점이었다.

근력이 약하다고는 하나 제자리에서 나무 위로 휙 뛰어오를 정도의 각력은 엘프라는 종족이라면 딱히 특별히 단련하지 않아도 갖출 수 있다. 하지만 인간은 그렇지 못하니, 루슬라식 검술을 완전히 활용하기 어려울 수밖에 없었다.

"역시 종족의 한계가 있기는 있구나."

"몸을 다루는 건, 전부터 별로 취향에……."

로렌은 헉헉대며 변명했다. 변명이지만 사실이었다. 로어 엘프였던 로렌 하트도 사실 엘프들 중엔 체술이 그리 뛰어난 편이라고 하기 힘들었다. 하긴 대마법사면서 체술까지 뛰어나다면 다른 엘프들이 질투심에 미쳐서 암살하러 와도 이상하진 않을 터였다.

"뭐, 너무 신경 쓰지 마. 이 검술은 사실 단련의 힘을 쌓는 데 의의가 있으니까. 그냥 적당히 할 수 있는 데까지만 해."

레윈은 칼집에 자신의 칼을 다시 꽂아 넣으며 말했다. 애초에 실전에선 검법과 마법으로 싸우는 레윈은 자신의 검술에 그런 인식을 가지고 있는 모양이었다.

"이제 곧 수업 시간이로군. 오늘은 네가 직접 가르칠 거지?"

새벽 시간에는 베르테르와 알베르트, 샤를로테에게 마법을 가르쳐야 했다. 하지만 로렌은 고개를 저었다.

"아뇨, 오늘도 다녀올 데가 있어서. 오전 수업은 레윈 씨가 좀 맡아주시면 안 될까요?"

"그 말은 오후 수업은 네가 한다는 거지?"

"네."

오후 수업은 새로 온 11명의 로어 엘프들을 포함해서 교육하게 될 터였다. 그들에게는 마법은 아직 조금 일렀기에 주로 엘프 문자와 언어를 공부시킬 생각이었다.

"그래. 샤를로테가 좋아하겠군."

"네? 왜 샤를로테가?"

레윈의 뜬금없는 발언에 로렌은 어리둥절해했다.

"어제 새벽에 스승님은 어디 가셨냐고 쩩쩩대더라고. 내 수업에 불만 있냐고 물으니까 조용해지긴 했지만, 분명히 불만이 있었던 거겠지."

레윈은 쓴웃음을 지으며 말했다. 레윈의 말에 로렌도 쓴웃음을 지을 수밖에 없었다.

"배가 불렀군요."

"아주 배가 불러 터졌지."

두 사람은 마주 보며 큭큭거리고 웃었다. 처음 샤를로테가 왔던 때에 비하자면, 지금의 조금쯤 건방진 샤를로테가 딱 좋았다. 그런 공감대가 형성되었기에 웃음이 나오는 것이리라.

"그럼 잘 부탁드립니다."

"그래, 잘 다녀와."

남작의 저택에서 본 업무를 시작하기 전에 다녀와야 했기 때문에, 로렌은 조금 서둘러야 했다. 레윈의 배웅을 받으며, 로렌은 자신의 말 조지 2세의 위에 올랐다.

*　　　　　*　　　　　*

만약 대공을 적대시한다면 지금 키우고 있는 로어 엘프 마법사 집단 가지고는 부족한 점이 많았다.

로렌에게는 더 큰 힘이 필요했다. 그리고 그 큰 힘을 얻기 위해서 필수불가결한 것이 바로 란츠 드워프 탈란델의 도움이었다.

더 느긋하게 몇 년쯤은 투자해서 각인기예에 대해 상세히 배우고 싶은 게 로렌의 원래 계획이었지만, 상황이 이렇게 된 이상 좀 더 서둘러야 할 필요가 생겼다.

"뭐? 유적의 위치에 대해 알려주겠다고? 너무 이른 거 아니야? 네 각인기예는 아직도 부족한 점이 더 많은데."

그런데 탈란델의 반응이 예상 외였다. 바로 가자고 할 줄 알았더니, 아직 덜 가르친 게 많다고 나왔다. 스승으로서의 욕심이 생긴 것일까? 그리고 드워프의 욕심은 좀처럼 꺾이지 않으니, 생각 외로 골치가 아파지게 생겼다.

"그럼 이렇게 하지. 유적의 위치를 알려준 뒤에도 내게 계속해서 각인기예를 가르쳐 주면 되지 않나?"

"아, 그럼 되는군! 그럼 그렇게 약속하지. 유적의 위치를 알려주게."

이건 또 의외로 쉽게 넘어왔다. 하긴 쉽게 넘어오면 좋다. 더군다나 이 탈란델이라는 드워프는 약속을 쉽게 어길 성격은 아니었다. 로렌은 그를 신뢰했다.

유적의 위치를 지도로 그려준 뒤에, 로렌은 이렇게 말했다.

"이미 계약을 해두긴 하지만 다시 한 번 확인해 두지. 그 유적은 발견자인 내 소유물일세. 하지만 당신 요청이나 내 허락하에 사용권을 넘기도록 되어 있는 것도 알걸세. 일단 사용권은 전부 넘겨두지. 내가 거기 찾아가기 전까지 마음껏 활용하게."

"오, 좋군!"

생각보다 괜찮은 조건에 탈란델은 눈동자를 빛냈다.

하지만 그건 탈란델의 착각이었다. 어차피 그랑 드워프의 유산인 방주는 지금 정비를 필요로 하는 상태였다. 특히 각인의 정비가 엄청나게 필요하다. 탈란델에게 사용권을 넘겨두면 그는 공짜로 실컷 정비해 줄 것이다. 그것도 희희낙락하게 말이다.

지인을 속이는 것 같아 마음이 좋지는 않았지만 시간이 촉박했다. 상황에 따라 별로 촉박하지 않을 수도 있었지만 어차피 로렌이 해야 하는 건 최악의 상황에 대비하는 것이다.

발레리에 대공이 라핀젤의 손에 들어간 엘리시온의 경이 파편에 대한 정보를 언제 얻느냐에 따라 그 최악의 상황이 언제 찾아올지도 달라질 것이다. 그러니 최대한 서두르는 편이 좋았다.

더군다나 탈란델에게는 또 다른 보상을 해줄 수도 있었다. 그랑 드워프의 유산은 방주 하나가 아니었고, 다른 곳에도 유적은 많으니까. 향후의 보상을 담보로 노동력을 미리 당겨 쓰는 거라고 생각하면 그렇게까지 양심에 걸려 할 필요도 없었다.

"그럼 유적에서 다시 봄세."

"그러지."

탈란델은 지금 당장에라도 떠나고 싶어 하는 눈치였다. 로렌도 그를 붙잡을 이유가 없었다. 하지만 의외로 먼저 걸음을 멈춘 건 탈란델 쪽이었다.

"아, 로렌."

"뭔가?"

"어차피 자네 주려고 베껴놓은 게 하나 있네."

탈란델은 책자를 하나 로렌에게 던져주었다. 표지를 넘겨보니 각인과 그 의미, 어떻게 이해해야 하는지에 대해서도 빼곡히 적혀 있었다.

"일단 기본 각인 100개에 대해 정리해 두었네. 차근차근 내 손가락으로 짚어가며 가르치고 싶었지만 이렇게 된 이상 어쩔 수 없군. 다음에 다시 보기 전에 다 외워두게. 이해 안 가는 거 있으면 표시해 두고."

"탈란델……!"

저 짧은 손가락으로 이걸 다 베껴 쓰느라 며칠을 허비했을까. 종이는 손때로 더러웠고, 빼곡히 적힌 글씨에는 정성이 가득했다. 간신히 누그러졌던 양심의 가책이 다시 밀려왔다.

"고맙습니다, 스승님!"

"이제 높임말 안 쓴다며, 이 속물 제자야!"

로렌의 외침을 들은 탈란델은 버럭 소리를 질렀다. 그 노호성을 들으며, 로렌은 탈란델에게 나중에 줄 보상을 살짝 상향 조정했다.

*　　　　　*　　　　　*

모금을 하루 남겨놓은 날까지도 하이어드 세 거두인 로를웨와 스웬, 필란은 찾아오지 않았다.

그건 델라크나 글렘도 마찬가지였다. 모금액 1만 1크로네로 공동 2위인 자들이 찾아와 얼마쯤 금화를 모금하러 왔지만 모금액 순위는 바뀌지 않아 실망하고 돌아갔다.

그리고 모금 마지막 날.

드디어 로를웨가 찾아왔다.

"하이어드 로를웨가 그레고리 남작님을 뵙습니다."

로를웨는 남작 옆에 시립하고 선 로렌에게 묘한 시선을 던져왔다.

"그래, 로를웨. 찾아올 때가 되었을 거라 생각했다."

남작이 지난번보다는 괜찮은 태도로 로를웨를 맞이했다. 지난번에, 그러니까 로를웨가 1만 크로네를 모금하러 왔을 때 남작은 노골적으로 로를웨를 두려워하는 기색을 보였다. 하지만 이번에는 그렇지 않으니 큰 진보라 할 수 있었다.

"모금하러 왔는가?"

"예, 남작님."

로를웨는 직접 들고 온 금화 상자를 남작에게 밀어주었다. 아무리 세 거두라 한들 남작의 응접실에 하이어드가 하인을 데리고 들어올 수는 없으니, 당연히 본인이 금화를 직접 옮겨야 했다. 묵직한 금화 상자의 모습에 남작은 로를웨 몰래 흐뭇하게 미소 지었다.

"1만 크로네입니다."

"지난번과 합치면 2만 크로네로군."

로를웨의 말에, 남작은 아무렇지도 않은 듯 대꾸했다.

"자네가 1위일세."

"감사합니다."

로를웨는 공손히 대답했다.

"그럼 이만 물러가 보겠습니다."

"그리하시게."

로를웨는 마지막으로 다시 한 번 로렌에게 시선을 던지고, 응접실에서 나갔다.

"원 참, 내가 아니라 그대를 보러 온 것 같군."

"그야 이제 제가 여기 있을 이유가 없으니 그런 거 아니겠습니까?"

필란의 첩자들이 저택에서 나간 이상, 로렌이 여기 시립해 있을 이유는 없었다. 새로 임명한 집사장이 이 자리에 있는 게 맞았다. 집사장이 마음에 안 차면 시녀장이라도 되었고.

그런데 남작은 굳이 로렌을 불러다가 자신의 옆에 두었다.

"그들은 마법사가 아니잖나."

로렌의 힐문에 남작은 그렇게 답했다.

모금 마지막 날이니, 남작이 다소 신경질적이 되는 것도 이해할 만했다. 마법사를 곁에 두는 것만큼 든든한 것도 없을 테니. 더군다나 남작은 로렌이 간이 마법으로 암살자를 즉시 마비시키는 걸 봤다.

이거야 별로 신경이 쓰이지는 않았다. 신경이 쓰이는 건 로를웨의 시선이었다.

'1만 1크로네를 모금했던 하이어드 중에 로를웨가 심어둔 자가 있었나 보군.'

왜 이런 중요한 시기에 모금액에 관련된 정보를 팔러 오지 않나. 로를웨는 그렇게 묻고 있는 것 같았다. 변명거리야 많았지만 해봐야 로를웨는 믿지 않을 것이다. 변명하러 로를웨를 방문하는 것 자체가 위험할 거고.

변명거리는 제외하고 진짜 이유는 별것 아니었다. 그냥 로를웨의 모금액을 불려놓기 위해서였다. 자세한 금액 리스트를 들고 갔다간 로를웨는 거기다 1크로네만 더 얹어서 모금하고 말 테니까.

실제로 최신 정보를 접하지 못한 로를웨는 지금 2위인 글렘보다 4,499크로네를 더 모금해야 했다. 흠 없는 어린 로어 엘프 노예 9명은 살 수 있는 돈이다. 물론 남작이 이 돈을 전부 노예를 사들이는 데 투자하진 않겠지만, 로를웨가 그냥 들고 있는 것보다는 낫다.

어차피 이제 로를웨한테만 붙어 있으면 안 된다. 괜히 스웬이나 다른 하이어드들에게 로를웨와의 관계를 들켜 원한이라도 샀다간 두고두고 골치가 아파질 것이고.

지금 로를웨는 로렌이 다른 하이어드 편에 붙은 게 아닌지 의심하고 있는 거다. 이런 의심은 시간이 지나면 해결될 터였다. 당분간 로를웨와의 접촉을 끊어두는 걸로 족했다. 지금 섣불리 접촉하려 하면 잡혀서 고문당할 위험이 있었다.

그동안은 로를웨뿐만 아니라 다른 하이어드와도 접촉을 끊어야겠지만, 곧 모금액 순위가 발표될 테니 1~3위와의 접촉만 피하면 된다.

똑똑. 노크 소리가 들렸다.

"남작님, 하이어드 스웬이 방문했습니다."

응접실의 문 너머로 하인의 목소리가 들렸다.

"들라 하라."

남작이 답했다. 그는 로를웨가 모금하고 간 금화를 직접 세고 있었다. 이제 하인들을 새로 고용했으니 직접 금화를 셀 필요가 없음에도, 습관처럼 세어버리고 만 모양이었다.

남작 저택 대문과 저택 본관을 오가는 마차도 다시 운행되기 시작했다. 스웬은 마차를 타고 올 테니 시간이 다소 남아 있었다. 로렌은 남작을 도와 금화 상자를 뒤로 옮겼다.

"금화를 세는 게 꽤 재미가 있더라고."

남작은 변명처럼 말했다. 아직 로렌은 아무 말도 안 했는데도 말이다.

＊   ＊   ＊

하이어드 스웬.

'그러고 보니 필란과 로를웨를 신경 쓰느라 스웬에게는 크게 신경을 못 썼었지.'

정보 조직을 돌리며 남작의 저택에 첩자를 심어두고 델라크를 암살까지 하려고 한 필란, 그리고 남부 지역의 세 거두 중 가장 두각을 드러내고 있는 로를웨에 비하면 스웬이라는 인물은 상대적으로 주목도가 낮았다.

로렌만 그렇게 생각하는 게 아니라, 이 지역의 주민들 인식이 대체적으로 그랬다. 세 거두에 속하기는 하지만 좋은 의미로든 나쁜 의미로든 크게 눈에 띄지 않는 자, 그게 스웬이었다.

그렇게 인식되는 이유 중 하나를 꼽자면, 스웬이 벌이는 사업은 필란이나 로를웨에 비해 잘 알려져 있지 않기 때문이었다.

그러나 그가 벌이는 사업의 실체를 알게 된다면, 셋 중 가장 거악은 스웬이 틀림없다고 혀를 내두르게 될 것이다.

노예 거상 스웬.

곡물을 주로 다루는 필란이나 토지 매매를 중심으로 돈을 버는 로를웨와 달리, 스웬은 노예를 주로 사고파는 사업에 손을 대 많은 돈을 벌었다고 한다. 그 규모는 2위 업자인 글렘에 비견되지 않는다.

보통 노예라고 하면 가장 먼저 떠오르는 '합법적인 노예'는 로어 엘프지만, 스웬이 다루는 건 로어 엘프뿐만이 아니다. 아니, 로어 엘프 쪽은 주력이 아니라는 표현이 더 정확하다.

사실 로어 엘프 노예 거래는 그다지 큰돈이 되지 않는다. 연약해서 금방 죽어버리는 데다 노동력으로도 크게 쓸모가 없고 불가촉천민이라 노예상을 중간에 끼워야 하는 등 여러모로 비효율적이다. 합법이라는 것 이외에는 장점이 그다지 없다.

그래서 스웬이 주로 다루는 노예는 인간이다.

인간을 노예로 거래하는 건 불법이지만, 중앙정부의 행정력이 이런 변두리의 남작령에까지 미칠 리도 없었다. 그러니 대

신 단속에 나서야 하는 건 이 남작령의 주인인 남작인데, 남작
은 팔다리 다 잘려 나간 거나 다름없는 상태라 행정력이고 뭐
고 없다.

그러니 스웬은 이 남작령에서만큼은 마음대로 인간을 사고
팔 수 있었다.

물론 아무리 그래도 대놓고 노예 시장을 열어다 노예들을
팔아치우지는 못하고 음지에서 활동해야 하는 건 변함없지만,
그거야 별 큰 문제도 아니었다. 수요가 있고, 공급이 있고, 시
장이 있으면 돈이 되는 건 매한가지니까.

로렌이 스웬의 사업에 대해 몰라서 관심이 없었던 건 아니
다. 오히려 반대다. 아무리 사기와 협잡이라고 한들, 이런 놈에
게 붙어 알랑거린다는 건 도저히 할 짓이 아니라고 생각했기
때문이었다.

"여, 남작."

스웬은 무례하게도 한쪽 손을 살짝 들어 올리는 것으로 남
작에 대한 인사를 대신했다.

"그래, 스웬. 무슨 일로 날 찾아왔지?"

그런 스웬의 무례한 행동에도, 남작은 눈썹 하나 깜짝하지
않았다. 오히려 남작의 반응을 본 스웬 쪽이 눈썹을 꿈틀거리
고 있었다.

"별건 아니고, 남작께 돈을 바치러 왔소이다."

간신히 반말이 아닌 말투였다.

"모금인가?"

"그렇소이다."

스웬은 직접 들고 온 금화 상자를 쿵, 하는 소릴 내며 테이블 위에 던지듯 올렸다.

"5천 크로네."

이로써 스웬은 1만 5천 크로네를 모금한 셈이 된다. 남작은 잠깐 생각한 후, 대답했다.

"자네는 3위일세."

"뭣……?"

스웬은 적지 않게 놀란 듯했다.

"…하는 수 없구려."

이러긴 싫었다는 듯 주저하면서도, 스웬은 금화 상자 하나를 더 올렸다.

"5천 크로네, 추가."

"공동 1위일세."

"됐군."

스웬은 안도하는 기색을 별로 감추려 들지도 않았다.

"공동 1위라니, 판돈이 생각보다 많이 오른 것 같구려. 로를웨나 필란인가? 아니지. 필란은 모습을 감췄으니 로를웨겠군. 남작의 주머니가 빵빵해져서 좋으시겠구려."

"대답할 의무는 없네."

남작은 짧게 잘라내었다. 그러자 스웬은 픽 웃었다.

"흥, 그러시겠지."

"그런데 자넨 정말로 내 후계가 될 생각인가?"

"대답할 의무는 없구려."

스웬은 반격에 성공한 게 통쾌하다는 듯 껄껄 웃었다. 소문 대로 단순한 남자인 것 같았다. 하지만 또 다른 소문에 의하면 감이나 촉만은 대단히 뛰어나다는 이야기도 있으니, 로렌은 그저 스웬의 눈에 띄지 않도록 숨죽인 채 상황이 흘러가는 걸 지켜보고만 있었다.

"흥, 네가 그 마법사인가."

그러나 스웬이 먼저 로렌에게 말을 걸었다.

"그는 내 하인일세."

남작이 다소 당황하며 말했다.

"그럴 리가. 쟤는 대공의 소공녀가 데려온 마법사일 텐데?"

"그걸 누구한테 들었지?"

"대답할 의무는 없구려! 하하하!!"

스웬은 한 번 통쾌하게 웃고선 로렌을 노려보았다.

"너무 나대다간 마법사라 하더라도 죽게 될 거야. 명심해 두라고."

스웬이 뭘 어디까지 알고 있는지는 모르겠지만, 아마 높은 확률로 아무것도 모를 것이다. 필란처럼 정보 조직을 가진 것도 아니고 어디다 첩자를 박아놓은 것도 아닐 테니. 그냥 감대로 지껄이고 있는 것뿐일 터였다.

그럼에도 불구하고 로렌은 등에 식은땀이 송골송골 맺히는 걸 피부로 느끼고 있었다.

"…명심하지요, 하이어드 스웬."

로렌은 간신히 대꾸했다.

"그래, 하하하! 그럼 남작, 다음에 또 봅시다."

어디 빚쟁이한테 이자 받으러 온 일수꾼처럼, 스웬은 그렇게 말하고 남작에게 등을 보이며 응접실에서 나가 버렸다.

"…저놈은 진짜 위험해, 로렌."

응접실뿐만 아니라 저택 건물에서 나간 걸 확인한 후에나, 남작은 조심스럽게 입을 열었다. 남작도 아무렇지 않은 척하느라 진땀을 뺀 건지, 손수건을 꺼내다 이마를 닦고 있었다.

"조심해."

"새겨듣겠습니다."

머리가 그리 좋은 편은 아니라는 말을 듣고 계산에서 빼둔 건 실수였을지도 모른다. 스웬의 감이라는 게 저렇게까지 날카로울지 어떻게 알았겠는가.

하기야 머리가 나쁜데 세 거두의 자리에 오를 수 있을 리는 없다. 머리가 나쁘면 그 단점을 커버하는 더 큰 장점이 있다고 생각하는 게 맞았고, 스웬의 경우는 그게 특유의 감이었던 모양이다.

하지만 아직 결정적인 실수라 할 정도는 아니다. 로렌은 머릿속에서 계획을 아주 약간 수정했다. 그걸로 족했다.

13장
전격

해가 져간다. 이대로 해가 서녘에 떨어지게 되면 모금 기간도 이것으로 끝이 나게 된다.

"오늘은 모금액이 많군."

"사람은 적습니다만."

로렌의 계산으로는 조금 더 많아야 했다. 하지만 로를웨와 스웬이 남작의 저택에 왔다는 소문이라도 퍼진 건지, 영 경쟁이 격화되지가 않았다.

'필란이 사라졌으니, 3위 자리를 두고 다툴 생각이 들 법도 한데.'

그런 일은 일어나지 않았다. 아직 일어나지 않았다고 믿고는 싶지만, 아무리 그렇다고 해도 다 넘어가는데 헛된 기대를 품고 싶지는 않았다.

'지금까지는 로를웨와 스웬이 공동 1위, 3위가 글렘인가.'

이대로 끝나 버린다면 델라크에게 한 투자가 아쉽다.

하긴 투자라고는 해도 돈을 들인 것도 아니고 그저 조언을 몇 개 해주고 그를 살리기 위해 마법을 몇 번 써준 게 전부긴 하지만, 로를웨의 의심을 살 각오를 하면서 한 짓이라 기회비용으로 따지자면 아깝지 않지는 않다.

그렇게 시간이 흘러 태양 끝자락이 서산에 모습을 감추기 직전.

저택 본관의 로비에는 다섯 명의 하이어드가 서 있었다.

"그래서? 다들 눈치를 보다가 마지막 마차에 다 같이 한 번에 들어왔다고?"

남작은 질린 듯 그들을 바라보았다.

로를웨와 스웬의 모습은 거기 없었다. 글렘의 모습도 보이지 않았다. 대신 델라크는 묵직한 금화 상자를 들고 헥헥대고 있었다. 다른 하이어드들의 시선이 델라크의 금화 상자에 가서 박혀 있었다.

"그래, 그럼 이 다섯 명까지는 모금을 받는 걸로 하지. 한 명씩 응접실에 들어오도록 하게."

"그러실 필요 없습니다, 남작님."

그렇게 말한 건 델라크였다.

"제가 이들의 몫까지 처리할 테니까요."

"그게 무슨 의미인가? 델라크"

"이제부터는 본격적으로 선거전에 들어가게 될 테니, 그 대비를 하러 온 겁니다. 이들은 모두 북부상인연합의 일원입니다. 선거권을 받기 위해서는 90위 안에 들어갈 필요가 있으니, 거기에 맞는 모금을 하러 온 거죠."

다른 네 명이 모두 고개를 끄덕였다. 그들을 바라보며 로렌은 속으로 작게 혀를 찼다. 아무래도 경쟁은 저택 대문 밖에서 이미 일어났고, 델라크의 금화 상자를 본 다른 하이어드들은 모두 모금을 포기하고 내빼 버린 것 같았다.

"2만 크로네입니다, 남작님! 합치면 3만 1크로네가 되겠군요."

2만 크로네나 되는 금화 상자를 보고도 3위 자리를 놓고 다퉈보겠다는 군소 후보는 없었으리라.

"자네가 1위일세, 델라크. 축하하네."

"아닙니다. 저 혼자만의 힘으로는 절대 여기까지 올 수 없었습니다. 저를 지지해 준 이들의 힘이 있었기에 남부 세 거두를 제칠 수 있었던 겁니다. 이 성과는 그간 패배만 해왔던 북부상인연합에게 큰 자신감을 가져다줄 겁니다!"

그런 델라크의 웅변에, 다른 네 명의 하이어드는 감격한 듯 델라크를 바라보고 있었다.

그들의 반응을 보니, 그들은 정말로 남부 세 거두에게 어지간히도 시달린 모양이었다. 하기야 이제까지는 연합을 이룰 생각도 하지 못했던 것으로 보이니, 그들 각자는 모두 연패를 거듭했을 터였다. 결국 경제는 규모가 큰 쪽이 압도하게 마련이니까.

델라크가 2만 크로네나 쌓으면서 1위를 해야 했던 이유가 여기에 있었을 것이다. 어차피 우린 질 테니 차라리 아무것도 하지 않겠다는 패배 의식에서 벗어나는 것. 선거란 건 기세 싸움이기도 하니, 상당히 좋은 전략이라 할만 했다.

불과 며칠 전만 해도 싸구려 정보에 들떠 1만 1크로네만 채우려 들던 델라크와는 달랐다. 그저 피선거권을 확보하는 근시안적인 움직임에서 벗어나 앞으로의 선거를 내다보며 전략을 짜내고 있었다.

'투자한 보람이 있군.'

비록 델라크 때문에 3위 자리를 둔 열띤 모금 레이스는 벌어지지 않았지만, 로렌은 더 이상 그걸 아쉽게 여기지 않았다.

"그리고 이들 네 명은 500크로네씩을 모금할 것입니다."

한 명씩 이름을 부르며, 델라크는 남작에게 금화 주머니를 바쳤다.

"넷은 공동 78위로군. 맞나, 로렌?"

"맞습니다."

"맞다고 하는군. 이로써 자네들 연합은 네 표를 더 벌어들였네."

남작은 흠, 하고 잠시 델라크를 바라보다가 다시 입을 열었다.

"고작 네 표로 선거판을 뒤집어엎을 수는 없다고 보네만."

"고작 네 표가 아닙니다. 북부상인연합의 하이어드들도 각자 모금을 한 금액이 있습니다. 이들은 이전까지 모금하지 않은 이들이었을 뿐입니다. 저희는 더 많은 표를 갖고 있습니다."

"그건 다행이로군."

남작은 흠흠, 고개를 몇 번 끄덕이다가 문득 날카로운 시선으로 델라크를 꿰뚫어 보았다.

"그래서 스웬과 로를웨를 이길 수 있다고 보는가?"

남작의 말에 델라크는 흠칫 놀랐다. 하지만 그는 곧 목소리를 가다듬었다.

"…둘이 연합하지만 않는다면요."

"안 할 것으로 보는가?"

"…반반으로 봅니다."

"반반인가. 그렇군. 나도 같은 생각일세."

자신없어하는 델라크에게 남작은 고개를 끄덕여 주었다.

"이런 곳에서 할 이야기는 아니로군. 델라크, 응접실로 들어오게."

"예, 남작님."

"로렌! 그대도 오게. 날 델라크와 독대시킬 셈인가?"

로렌은 그러려니 하고 잠자코 서 있었는데, 남작이 불렀다. 하는 말만 들어보면 이치에 맞았으므로, 로렌은 남작의 부름에 따랐다. 걷는 동안에 그냥 다른 하인을 불러도 되었다는 걸 눈치챘지만, 이미 지나간 일이다.

＊　　　　　　＊　　　　　　＊

"델라크, 나는 필란을 가장 싫어하네."

남작은 그렇게 운을 떼었다.

"사실 저도 그렇습니다."

델라크도 넙죽 고개를 끄덕였다.

"그 다음은 스웬이지."

"남작님과 같은 생각을 갖게 되어 영광입니다."

이견의 여지가 없었다.

"그리고 로를웨도 싫어하지."

"그렇지 않았더라면 전 북부상인연합을 결성하지도 않았을 겁니다."

세 거두는 두 사람의 공동의 적이었다. 아니, 두 사람만의 적은 아니었다.

북부상인연합이라고 이름은 번지르르하지만, 대륙 중앙으로 통하는 길목을 점하는 노른자위 땅인 남부 지역에서 쫓겨나 사람도 적고 물자도 적은 북부에서 간신히 터를 잡은 이들의 모임이다.

그들을 남부 지역에서 쫓아낸 자들은 당연히도 세 거두이며, 그렇기에 그들은 자연스럽게 세 거두를 적대시한다. 그들의 연대는 세 거두에 대한 적대심으로 묶여 있다. 이 적대심이 북부상인연합을 결성시켰다고 해도 과언이 아니었다.

"그에 비해 델라크, 자네는 좀 나은 편이라 생각하네."

사실 남작이 델라크를 좋아할 이유는 없었다. 그 또한 자신의 영향력이 미치지 않는, 거칠게 말하자면 남작의 권위를 무시하는 하이어드 중 한 사람이었으니까. 그러나 세 거두를 증오하는 마음이 커, 델라크에 대한 부정적인 시선은 접어둘 정도는 된다는 의미였다.

"싫어하지 않으시는 것만 해도 제겐 큰 축복입니다."

델라크도 남작의 마음을 익히 알기에, 곧장 그렇게 말하며 고개를 숙였다.

"그래서 나는 자네를 지지할까 생각하네."

바로바로 나오던 델라크의 대답이 거기에서 막혔다.

"자네도 알다시피 내게는 다섯 표가 주어지지. 이 다섯 표로 자네를 지원할 것이네. 내가 겨우 다섯 표를 자네에게 준다 한들, 이것만으로 과반수를 확보할 수 있을 거라고는 생각하지 않네. 그래도 큰 도움이 되리라고는 생각하네만."

"그거야 물론! 비할 바 없는 큰 도움이 될 것입니다!!"

입이 타는 듯 델라크는 자신의 입술을 혀로 핥았다. 무례한 행위나 자각 없이 그리할 정도로 남작의 표가 탐났다.

"그런데 조건이 있네."

"당연한 말씀이십니다."

"자네들 북부상인연합의 영향권에서 징집권을 행사하고 싶네만."

징집권이라는 건 군대가 될 장병을 징집할 권한이다. 남작의 말에 델라크는 잠깐 눈을 크게 떴지만, 곧 놀란 기색을 감추고 웃으며 말했다.

"본래 남작님의 권한입니다. 제가 어떻게 막을 수 있겠습니까?"

델라크의 말대로 원래대로라면 이 지역의 정당한 지배자인 남작은 남작령에서 언제든 원하는 대로 군대를 조직할 수 있어야 정상이다.

하지만 남작은 실질적인 권한을 행사하지는 못하고 있었다. 남부의 세 거두뿐만 아니라, 어떤 하이어드든 자신들의 지배자인 남작이 강력해지는 걸 원하지는 않았으니까.

"본래 내 권한이라. 그렇긴 하지. 하지만 자네들의 동의를 얻고 싶네."

하이어드들이 동의하지 않으면 징집권은 발동하지 않는다.

지금 남작령의 각 지방에 실질적인 지배력을 행사하고 있는 건 돈줄을 쥐고 용병들을 동원할 수 있는 하이어드다. 남작의 말은 무시해도 하이어드의 말은 무시하지 못한다. 그들의 동의가 있어야 남작의 말에 강제력이 생기는 것이다.

"제 영역에서는 언제든지 발동하셔도 좋습니다. 다른 이들도 동의할 것입니다만, 그들에게 전달할 시간을 주십시오."

델라크가 이에 동의한 것은 남부의 세 거두가 주축으로 나서서 만들어낸 남작에의 고립 전략을 깨뜨리는 것과 다름없었다.

남부의 세 거두는 이런 델라크의 결정을 매우 싫어할 테지만, 이차피 앞으로 남작의 후계권을 놓고 겨룰 상대다. 북부상인연합이라는 뒷배도 생겼고 남작의 지지도 얻었으니, 델라크로서도 세 거두를 두려워할 이유가 없었다.

더불어 남작의 힘이 강해져야 자신이 남작의 후계가 됐을 때의 운신도 편해지리라는 계산 또한 섰기 때문에 델라크는 이런 선택을 할 수 있었던 것이리라.

"그리하게."

로렌은 델라크 몰래 안도의 한숨을 내쉬었다. 델라크가 길길이 날뛰며 반대할 가능성이 아예 없지는 않았기 때문이었다. 하지만 다행히 델라크는 온건한 반응을 보였다.

남작에게 주어진 투표권 다섯 표를 미끼로 델라크에게서 징집권을 사들이라는 조언을 남작에게 한 건 로렌이었다.

위험한 선택일 수도 있었다. 남작을 아군으로 끌어들일 생각이 없었더라면 절대로 하지 않았을 조언이었다.

하지만 로렌은 발레리에 공작보다는 남작을 아군으로 삼는 게 낫겠다고 생각했다. 다소 도박수지만 일단 한 번 던져보기로 했다.

어쨌든 이로써 남작에게 군대가 생겼다. 이제야 좀 귀족다워진 것이다.

이번 모금으로 돈도 좀 생겼으니, 그냥 농민을 데려다 무작정 전장에 때려 박는 것이 아니라 괜찮은 장비를 들려주고 숙식을 책임져 주며 훈련을 시킬 여지도 생겼다.

남작도 기쁜 기색을 감추지 못했다.

"선거의 주최자로서 내 대놓고 자네를 응원하지는 못하나, 내가 자네 편인 건 잊지 말게. 자네의 승리를 기원하겠네."

"감사합니다, 남작님."

델라크도 기쁜 기색을 감추지 않았다.

＊   ＊   ＊

델라크와 북부상인연합의 일원들도 모두 돌아갔다.

응접실 안에선 금화 세는 소리가 자욱했다. 이번에는 남작과 로렌이 금화를 세고 있지는 않았다. 애초에 금화 세라고 기준까지 낮춰서 받은 하인들이니, 그들이 금화를 세는 게 맞았다.

"그대를 상대론 빚만 느는군, 로렌."

문득 남작이 그런 말을 꺼냈다.

하인들은 남작의 말에 적지 않게 놀란 기색이었다. 귀족이 하인더러, 평민더러 빚이라니! 그렇다고 무슨 말을 꺼내지는 않았다.

그저 그들은 로렌을 특별하게 여길 것이다. 로렌은 마법사이며, 남작이 가장 신뢰하는 이다. 그러니 남작이 이런 이야기를 꺼내도 별로 이상하지 않다. 이런 시으로 말이다.

지난 생의 로렌 하트도 기존의 정치 세력에 녹아드는 형식으로 권력자가 되었었다. 사실 혈통 귀족의 시대가 저물어가던 때, 마법사들이 신진 사대부나 부르주아처럼 새로운 상위 계층으로 자리매김한 것은 사람들의 이러한 인식을 이용한 것이기도 했다.

궁정 마법사가 되어 권력의 시녀가 되었다고 비난받았던 때에도 로렌 하트는 그런 세인들의 비난을 별로 신경 쓰지도 않았다. 왜냐하면 그가 앉은 자리는 정말로 높은 자리였고, 권력을 누리는 자리였기 때문이다.

"괘념치 마십시오."

물론 아직은 아무것도 정해지지 않은 이런 때에 로렌이 자신의 생각을 겉으로 내보일 리도 없었다. 로렌은 그저 미소 지으며 그렇게 대답할 뿐이었다.

"금화 정산이 끝나고 모금에 아무런 오류가 없다면 순위 발표를 하고 투표권과 피선거권을 나눠줘야 하겠군. 내 말이 맞지?"

남작은 칭찬을 바라는 어린아이처럼 되물었다. 그러나 로렌은 고개를 저었다.

"기존에는 그러했습니다만, 이제는 아닙니다. 한 달의 유예 기간을 두십시오."

"허, 왜지?"

"모금액 발표에 불만을 가진 세력이 나올 수 있습니다. 만약 그들이 무력을 행사하려 들었을 때 그들을 제압까진 못할지언정 쉬이 일어나지 못하도록 억제할 수 있는 힘이 필요합니다."

"그, 그렇군."

뒤늦게 깨달았다는 듯, 남작은 로렌의 말을 듣고 눈을 크게 떴다.

"다행히 남작께선 적지 않은 금화를 모으셨고, 군대를 모을 수 있는 여지도 생겼습니다. 한 달이라는 기간도 촉박한 편이나, 적어도 숫자와 장비를 갖출 만한 정도는 됩니다."

"그럼 용병을……."

스스로 답을 내고자 하는 자세는 훌륭하나 오답이었다. 로렌은 남작의 답을 정정해 주었다.

"아니요, 용병은 돈에 의해 움직입니다. 남작께서 다소의 금화를 모으셨다고는 하나 강대한 하이어드들에게는 미치지 못하니, 용병들은 언제든지 더 큰돈에 회유당할 수 있습니다. 끄나풀이 섞여 들어올 수도 있고요."

"그럼 어떻게 하지?"

자신의 답이 틀렸다는 것에 짜증을 내지 않고 곧 더 나은 방법을 묻는 것은 학생으로서 올바른 자세이다. 로렌은 조용한 목소리로 남작의 질문에 답했다.

"처음부터 군을 기르십시오. 초반에는 용병과 징집병을 함께 두어 훈련시키시고, 점차 징집병의 비율을 올려 전투력을 배가시키시면 됩니다. 징집병에게는 충분한 급여를 보장시켜 충성도를 확보하십시오."

로렌의 진언에 남작은 탄성을 질렀다.

"내 그대에게 빚을 갚겠다 몇 번이나 말했는가? 그런데 또 빚이 늘고 말았구나!"

"괘념치 마십시오."

언젠간 다 받아낼 때가 올 테니까. 그런 말을 직접적으로 입으로 꺼내지는 않았지만 남작도 알고는 있을 것이다. 아무리 로렌이 이제 남작을 아군으로 설정했다고 한들, 빚은 빚이다. 로렌은 계산을 철저히 할 셈이었다.

＊　　　　　＊　　　　　＊

사업체라는 건 사장이 없어도 어느 정도 돌아가게 마련이다. 사원들은 일상적으로 정해진 일을 하고, 그러다 보면 어찌어찌 돌아가는 게 사업체다.

하지만 이 상태가 오래 지속될 수는 없다. 급여를 받지 않은 채 그저 무료로 봉사하는 것도, 자신이 열심히 일하는지 감시하거나 잘하면 칭찬해 주는 이가 없는 채로 계속 일하는 것도 언젠가는 한계가 온다.

필란의 사업체가 바로 그러했다. 어느 정도는 통상 영업을 계속해 오던 필란의 각 사업체들은 천천히, 하지만 확실히 무너져 내리기 시작했다.

애초에 필란이 급여 지급을 뒤로 미룬 상태였던지라, 필란이 있을 때부터 이미 사기가 낮은 상태였다. 그렇기에 한계가 오는 건 더욱 빨랐다.

가장 먼저 무너져 내린 것이 필란 소유의 용병대였다. 목숨 걸고 싸우는 용병보다 돈에 민감한 이들은 없었다. 그들은 다른 주인을 찾아 바로 떠났다.

용병대가 떠난 것은 곡물 거래를 주력 사업으로 하는 필란의 사업체들에게 큰 타격이었다.

어디서 많이 생산되는 곡물을 사들여 적게 생산되는 곳으로 옮기고, 지금 생산량이 많은 곡물은 창고에 넣어 묵혀 가격이 오르길 기다리는 이런 일련의 작업에는 항상 호위가 필요했다.

금화와 달리 주인의 이름이 새겨지지 않은 곡물은 도둑들과 강도들의 먹음직스러운 목표물이 되기 쉬웠으니까.

당장 운송 작업에 차질이 생기자 필란의 사업체들은 동맥경화가 일어난 것처럼 하나둘씩 멈추기 시작했다.

그리고 바로 그때만을 기다리고 있던 자가 있있다.

로를웨었다.

필란의 사업체 각 지부의 지부장들을 불러 모은 로를웨는 이제 이 사업체의 주인이 자신임을 주장했다. 그 증거물로써, 필란의 지장이 찍힌 계약서가 들이밀어졌다.

거기 있는 자들 중에는 로를웨가 계약서를 들이민 순간 필란을 납치한 범인이 로를웨임을 직감한 자가 있었을지도 모른다.

하지만 그렇다고 감히 남부의 세 거두 중 하나인 로를웨에게 직접적으로 비난의 말을 던지는 이는 없었다.

그것은 그들이 로를웨를 두려워했기 때문이기도 했지만, 그 전까지 치밀하게 이뤄졌던 로를웨의 물 밑 작업이 빛을 발한 덕분이기도 했다.

로를웨가 회유한 것은 지부장들뿐만이 아니었다. 가장 먼저 회유된 것은 용병대였고, 각 사업체의 직원들도 체불된 월급을 지불하겠다는 말에 혹했다.

중앙정부는 있지만 이런 변경의 일에 전혀 영향력을 미치지 못했다. 남작은 이 일에 전혀 신경을 쓰지 않았고, 설령 관심이 있더라도 관여하지 못했을 것이다.

지부장들과 사원들, 그리고 용병들마저 회유됐으니 이 적대적 합병을 막아설 자는 어디에도 존재하지 않았다.

"돈 앞에 충성이고 뭐고 없다더니. 이것 참 쓸쓸하군그래. 그렇게 생각 안 하나?"

필란의 사업체를 모조리 삼켜 버린 후, 로를웨는 지하에 감금된 필란을 찾아가 그렇게 비꼬았다. 이제 필란은 알거지였다.

"일이 이렇게 쉬워도 되는 건가? 내가 해놓고서도 무섭군. 그 누구도 내게 이의를 제기하지 못했네. 만약 누가 나선다면 그 후보로는… 스웬 정도겠군. 하지만 스웬조차도 입을 다문 채일세. 이제 자네에게는 아무것도 남아 있지 않군!"

로를웨는 통쾌하게 웃었다. 그런 로를웨의 웃음에 반응해, 필란은 간신히 고개를 들었다.

"우… 으……."

신음성을 몇 번 냈다가, 곧장 고개를 떨어뜨려 버렸다. 필란은 약에 심하게 취해 있었다. 지금은 아무것도 생각하지 못하는 상태일 것이다. 로를웨는 그런 필란을 내려다보며 만족스러운 미소를 띠었다.

"잘 자게, 필란. 빨리 나아야지, 이 사람아."

필란은 깨끗하고 편안한 침대 위에 눕혀져 있었다. 로를웨는 필란의 상처가 전부 나을 때까지 기다리고 있었다. 필란이 고문당했다는 증거를 없애기 위해서였다.

필란의 상처가 낫고 나면 혈관에 직접 독한 술을 밀어 넣어 급성 알코올중독으로 죽이고 어디 먼 곳에 갖다 버리면 일은 모두 끝난다.

재미있게도, 이 살해 방법은 필란의 전속 정보 조직이었던 오크의 피가 로를웨를 암살할 때 사용할 방법으로 서류에 정리해 놓은 내용 그대로였다.

"얼른 낫게, 얼른."

로를웨는 필란을 조소했다.

＊　　　　＊　　　　＊

1개월이 훌쩍 지났다.

그간 로렌은 아주 바쁜 세월을 보냈다.

탈란델의 드워프 검술과 각인기예를 병행해서 수련하고, 레원에게서 루슬라식 검술을 직접 사사받았다. 당연히 레원에게 마법도 가르쳐야 했고, 로어 엘프 제자들을 육성하는 데도 힘을 쏟았다.

노력한 보람이 있어 성과는 있었다.

로렌은 탈란델이 내준 숙제인 100개의 각인을 모두 암기하고 이해하는 데 성공했다.

이제 문제는 끌과 정을 이용해 각인을 파고 각인의 힘을 불어넣어 실제로 각인기예를 활용해야 하는데, 그게 쉽지가 않았다. 나무에 파 넣는 거라고는 해도 어려운 각인은 제대로 팔 수가 없었다.

인간인 데다 아직 어린 로렌으로서는 드워프의 손재주를 따라잡는 게 쉬울 리는 없었다. 최종적으로는 금속에 새겨 넣어야 한다는 걸 생각하면 한참 멀었다.

그래도 목재에나마 쉬운 각인들은 새겨 넣는 데 성공했고, 그 각인들은 제대로 효과를 발휘했다. 각인을 새긴 나무 몽둥이로 쇳덩이를 찌그러뜨렸을 때는 손끝뿐만 아니라 정수리까지 저릿저릿했다. 조악하나마 각인예물을 만들어내는 데 성공한 것이다.

여기에는 탈란델에게서 배운 드워프 검술의 힘이 컸다. 각인의 힘을 안정적으로 수급하지 못했더라면 각인을 새길 시도조차 못하니, 열심히 검을 휘두를 수밖에 없었다.

배운 지 오래되어서 자세가 흐트러질 만도 했지만, 그렇게 자세가 흐트러지면 쌓이는 각인의 힘이 바로 줄어드니 저절로 교정이 되었다. 결과적으로는 로렌이 휘두르는 검은 매일매일 예리함을 더해가고 있었다.

이건 레윈에게서 배우는 루슬라식 검술의 완성도를 높이는 데도 도움이 되었다. 레윈의 말에 따르면 검법을 배우려면 멀었지만, 착실히 성장하고 있으니 서두를 필요는 없다고 한다.

수련의 성과라고 하기엔 다소 일맞지 않지만, 로렌의 육체가 성장함에 따라 마력의 그릇도 같이 성장해서 드디어 이중 마법 서킷을 형성할 수 있게 되었다. 이로써 로렌은 융합 마법을 사용할 수 있게 되었다.

마법 서킷을 동시에 두 개 운용할 수 있게 됨에 따라 하나의 마법 서킷이 과부하가 걸리더라도 다른 마법 서킷을 전용할 수 있게 되어 즉시 시전 주문을 외운 후 바로 다음 즉시 시전 주문을 장전할 수도 있게 되었다.

이중 마법 서킷과는 별개로 마법 서킷 자체가 더 큰 마력을 담을 수 있게 되었으므로, 로렌은 더 많은 종류의 주문을 다룰 수 있게 되었고 기존의 주문 또한 더욱 강력하게 사용할 수 있게 되었다.

'드디어 따라잡았군.'

로렌은 속으로만 중얼거렸다. 따라잡은 대상은 물론 레윈이다. 1년도 채 안 되는 기간에 이미 10년 이상 마법을 수련한 레윈을 따라잡은 것 자체가 말이 안 되지만, 로렌은 아직도 목이 말랐다.

지금 로렌의 마법 수준은 대마법사는커녕 궁정 마법사 시절에조차 닿지 못했는데, 그 이유가 육체의 성장 때문이었으니 속이 탈 법도 했다.

'하긴 서두른다고 몸이 더 빨리 크는 것도 아니고.'

로렌 자신은 조바심을 내고 있었지만, 상당히 좋은 영양 상태와 매일 거르지 않고 실시하는 검술 훈련 덕에 그의 성장

속도는 또래에 비해 대단히 빠른 수준이었다.

처음 라푼젤과 만났을 때는 실제론 12살임에도 영양 부족으로 인해 10살 미만으로 보였지만, 지금은 이미 10대 중반처럼도 보였다.

그러나 주변에 비교할 만한 또래 인간 소년이 없으니, 로렌은 여전히 자신의 성장 속도에 답답함을 느끼고 있었다. 또래라고 해봐야 로어 엘프들인데, 엘프들은 원체 인간보다 성장이 느리니 비교 대상으로 삼을 수가 없었다.

그 성장이 느린 로어 엘프들도 잘 먹고 잘 자는 탓인지 잘 자라고 있었다. 로렌보다야 확연히 느리지만 특히 영양 상태가 좋지 않았던 베르테르, 알베르트, 샤를로테 세 명은 몸의 두께와 크기가 현저히 불었다.

특히 눈에 띈 건 샤를로테였다. 살이 붙어 아직 어리나마 몸의 곡선이 살아나니 이젠 엄연한 여자애처럼 보였다.

로어 엘프들의 성장이 신체적인 것에 국한된 것은 아니다. 샤를로테는 화염 폭발을 완전히 자기 뜻대로 제어하는 데 성공했으며, 알베르트의 마법 화살 적중률도 완벽해졌다. 베르테르도 부족하나마 화염 폭발을 체득해 냈다.

그들보다 약간 늦게 별채에 들어온 재뉴어리를 비롯한 11명의 소녀 로어 엘프들도 마법 화살을 나눌 수 있게 되었다.

이렇게 되자 알베르트가 다소 조급함을 느끼기 시작했기

에, 그에게 집중 훈련을 시켰다.

로렌과 일대일 강의를 받는 알베르트에게 샤를로테가 심하게 질투했지만, 내버려 두었다.

그리고 그 성과도 알베르트가 보여주었다.

콰앙!

"했어요! 해냈어요, 스승님!!"

알베르트가 드디어 화염 폭발을 체득해 냈다. 이게 오늘 일이다.

"잘했다, 알베르트. 이제 조장으로서 면목이 서겠구나."

로렌의 그 말에 알베르트는 기쁨이 시든 듯, 고개를 숙이고 말았다.

"…면목이 없습니다, 스승님. 제가 재능이 없는 탓에……."

"네가 그런 말을 하면 다른 종족들이 어떻게 보겠느냐? 어디 다른 종족한테 마법을 가르쳐 봐라. 너만큼 빨리 배우는지."

"…스승님은……."

인간 아닙니까? 라는 말은 나오지 않았다.

"난 빼고."

로렌이 그렇게 가로막았기 때문이었다.

"어쨌든 잘해냈다. 알베르트. 넌 네 동기 중 가장 어리지만, 그럼에도 불구하고 잘 따라오고 있는 거야. 자신감을 가져라."

"…알겠습니다, 스승님."

이제야 좀 웃기 시작했다. 로렌은 그런 알베르트의 어깨를
툭툭 치고는 일어났다.

"자, 이제 가봐야겠다."

"어디 가십니까?"

"오늘이 그날이거든."

오늘은 남작의 후계가 걸린 선거의 피선거권과 투표권을 배
부하는 날이다. 안온하게 저택 별채에 틀어박혀서 수련에 전
념을 다하는 것도 오늘까지라 봐도 되었다.

오늘부터 아주 시끄러워질 것이다. 로렌은 각오를 다졌
다.

＊　　　　＊　　　　＊

저택 대문에 커다랗게 공고가 붙었다. 엄정한 심사 결과, 가
짜 금화가 몇 개 섞여 투표권 영역에서는 순위 변동이 약간
있었지만 큰 영향은 없었다.

더불어 필란의 변사체가 발견되었기에, 그의 투표권은 박탈
당하고 원래 91위였던 하이어드에게 돌아갔다. 한 달 전과 바
뀐 점이라면 이 정도였다.

1위는 델라크, 공동 2위가 로를웨와 스웬.

이제 이 세 명이 남작의 후계 자리를 놓고 겨루게 될 터였다.

글렘이 쳐들어와서 내가 왜 4위냐고 따지는 해프닝이 일어나기는 했지만, 상위 3명의 모금액 규모를 전해 듣고는 입을 다물었다고 한다.

어쨌든 투표일은 3개월 후. 이 3개월 동안 각 후보는 선거 유세에 나서게 될 것이다.

그 선거 유세라는 게 단어처럼 평화롭게 이뤄지지 않을 것이라고 로렌은 예상하고 있었다.

"뭐, 특별히 제가 할 일은 없겠습니다만."

로렌은 그렇게 말했다.

이제부터는 피선거권을 지닌 후보들 사이의 싸움이다. 로렌이 나설 여지는 없는 게 정상이었다. 하지만 상황을 비정상적으로 만들 변수는 얼마든지 있었다.

그 변수가 바로 그날 저녁에 작용해 버렸다.

"나와라, 남작!"

남작의 저택 부지, 원래대로라면 깨끗한 잔디만 깔려 있어야 할 언덕에는 하인들이 자리를 비운 사이 관리가 되지 않아 제멋대로 자라난 수풀들이 우거져 있었다. 그 수풀을 짓밟고 하이어드 글렘이 서 있었다.

모금액 순위 4위. 3위와의 차이는 4,499크로네. 별로 아쉬운 차이라고는 할 수 없었다. 그나마 모금액의 5천 크로네는 금화로 지급한 것이 아니라 로어 엘프로 대신 지급했다.

하지만 마지막 돌아갈 때 1위라는 소릴 들어서일까, 그래서 아쉬움이라도 남은 것일까. 하이어드 글렘의 얼굴은 술로 인해 벌게져 있었다.

"고작 네놈이 날 능멸한 대가를 목숨으로 치러라!"

하이어드 글렘은 혼자 온 것도 아니었다. 그의 뒤에는 일백의 기마병이 도사리고 있었다. 완전히 무장했지만 그 무장에 통일성이 없고 각기 제멋대로 장식물을 붙인 걸로 보아 모두 용병들이었다.

대문은 쉽게 뚫렸다. 경비병들은 바로 항복했기 때문이었다. 다만 파발이 재빨리 도망쳐 하이어드 글렘의 습격을 알려준 덕분에 남작도 대비할 수가 있었다.

"로, 로렌! 어떻게 하면 좋지?"

다만 그 대비책을 제대로 취하지 않은 건 온전히 남작의 책임이었다.

"남작님의 군대는 어떻게 되었습니까?"

"고작 한 달이야! 저런 정예병들 상대로 제대로 대항할 수 있을 리 없잖아!!"

간만에 보는 남작의 한심한 작태에, 로렌은 그를 아군으로 삼을 생각을 한 걸 약간 후회했다.

'아니, 이건 그냥 내 힘을 빌리려고 일부러 연기하는 건가?'

그런 생각을 한 로렌은 피식 웃었다.

'그쪽이 낫겠군.'

그러니 로렌은 그냥 남작이 연기하는 거라고 생각하기로 했다. 그리고 그 연기에 넘어가 주기로 했다.

"어쩔 수 없군요."

"무슨 방책이라도 있나?"

남작의 표정이 확 밝아졌다. 역시 연기가 아니었나. 로렌은 다소 암담한 기분이 되었다.

"아직 견습이긴 하나, 저희 마법사 부대를 동원하도록 하겠습니다."

"마법사 부대?"

"예. 남작께서는 잠시 눈을 감아주시기 바랍니다."

"눈을?"

"그들은 불가촉천민이니까요."

로렌은 다소 자조적으로 말했다.

*　　　*　　　*

로렌은 남작을 말에 태우고 선봉으로 보냈다. 그리고 그 뒤에 말 머리 두 개 정도 거리를 두고 로렌이 뒤따랐다.

　"천지 분간도 못 할 하이어드 글렘은 들으라!"

　남작이 우렁차게 외쳤다. 의지할 수 있는 뒷배가 생기자마자 이 꼴이다. 하긴 이건 장점이다. 상황 파악이 된다는 것이니.

　"네놈의 처분이 결정되었다!!"

　언덕 위에 서서 글렘을 내려다보며, 남작은 당당히 선고했다.

　"사형이다!"

　"저, 저!!"

　글렘이 격노해 남작에게 삿대질을 했다.

　"저거 죽여 버려!!"

　글렘의 명령에 용병들이 동시에 각자의 병장기를 빼어 들었다. 통일성이라고는 없지만 서슬 퍼렇게 살기를 머금은 날붙이들이 모습을 드러내자 꽤나 위압감이 있었다.

　"가라! 죽여 버려라!!"

　용병대장의 외침에 용병들은 '와아아!' 하고 함성을 토해낸 뒤에, 말을 달리기 시작했다. 두두두두, 지축이 울렸다.

　그러자 로렌도 뒤를 향해 손짓했다. 그의 마법사 부대가 언덕 위에 올랐다.

"쏴라!"

로렌의 명령은 짧고 간결했다. 마법 화살 열한 발과 화염 폭발 세 발이 돌격해 오는 기마병들을 향해 발사되었다.

펑! 쾅! 콰광!!

말이 넘어진다. 용병이 피를 뿌리며 나뒹군다. 그럼에도 용병들은 용감하게 돌진해 왔다. 그 용기에 경의를. 로렌이 전격 폭발을 조준했다.

"납 갑옷을 입은 건 아니겠지?"

번쩍! 뇌전이 가장 선두에 선 용병을 꿰뚫고 지나갔다.

"으어어억!"

간이 마법인 스터너와는 비교도 되지 않는 전압과 전류에 강철 갑옷을 입은 용병 한 명이 그 자리에서 구워져 버렸다. 그렇게 세 명의 기마병을 관통하고 뇌전은 부대 중앙에 작렬했다.

콰앙!

이 주문의 이름은 전격 폭발. 당연히도 뇌전이 꽂힌 곳을 중심으로 폭발이 일어났다.

하지만 그 폭발은 거대했다. 용병대 하나를 그대로 집어삼켜 버릴 정도로.

폭음이 지축을 울리고 불꽃이 하늘까지 닿은 것처럼 보인 그 폭발에 휘말린 일백의 기마병들은 그 자리에서 즉사했다.

로렌은 회심의 미소를 지었다.

융합 마법을 사용할 수 있게 된 김에 일부러 마법 서킷 두 개를 동원해 단일 주문이 아닌 융합 마법으로 발동했고, 각각의 마법 서킷에 강화까지 먹인 특별한 전격 폭발이었다. 이 정도 위력은 당연했다.

상식을 넘어선 주문의 위력에 놀란 건 글렘뿐만이 아니었다.

"이, 이게……! 마법사의 위력!!"

남작이 경의를 넘어서 경외의 시선을 로렌에게 보내고 있었다.

말도 안 되는 오해였다.

지금 시대의 평범한 마법사는 이런 짓을 못 한다. 굳이 하나의 주문이었던 걸 다시 둘로 해체해서 융합 주문으로 재구성하고 두 개의 마법 서킷에 강화 마력을 밀어 넣는 이런 일련의 작업들은 해당 주문과 마법 서킷, 그리고 마법 그 자체에 대한 깊은 이해도가 필요하다.

단적으로, 이런 곡예는 현시대에서는 대마법사에 가장 근접했다고 말할 수 있는 레윈도 못 할 것이다.

로렌이니까 해낸 거였다.

"글렘이 살아 있습니다, 남작님."

하지만 그런 걸 다 밝힐 필요는 없었다. 지금은 마법사의, 특히 로어 엘프 마법사의 가치를 한껏 끌어올려야 할 시기였다.

"그, 그렇지."

글렘은 언덕 아래에서 넋이 빠져 주저앉아 있었다. 술이 다 깨버리기라도 한 건지, 벌게졌던 얼굴은 새하얗게 질려 있었다.

"항복하라, 하이어드 글렘!"

남작의 우렁찬 외침에, 글렘은 정신을 차린 듯 고개를 들더니 바로 엎드렸다.

"목숨만 살려주십시오!"

남작에게 반기를 들었음에도 아직 목숨이 아까운 건지, 글렘은 그렇게 외쳤다.

이로써 하이어드 글렘이 일으킨 '사소한 소란'은 끝이 났다.

*   *   *

결론부터 말해서 글렘은 죽지 않았다. 대신 모든 재산을 추징당하고 남작령에서 추방당했다.

글렘의 입장에서 말하자면 차라리 죽는 게 나은 처지가 되었다고 할 수 있었다. 재산도 뒷배도 없는 하이어드가 언제까지 하이어드로 남아 있을 수 있을까. 언제 납치당해 귀를 잘리고 로어 엘프로 둔갑당할지 모르는 상태였다.

글렘이 영향력을 발휘하던 영역은 남작에게 귀속되었다. 본래의 주인에게 돌아갔다고 봐도 될 일이었다. 글렘의 영역은 남작 저택에 바로 붙어 있었기 때문에, 치안 유지 등의 업무 이관도 큰 어려움 없이 이뤄질 터였다.

작게나마 세금을 걷을 수 있는 주민과 수입을 기대할 수 있는 영토를 확보한 남작은 뛸 듯이 기뻐했다.

"감사합니다, 마법사님!"

이 일 이후, 남작은 로렌에게 아예 높임말을 쓰기 시작했다. 그러지 말라고 하자, 그럼 둘이 있을 때만 높임말을 쓰겠다고 한다. 무슨 연인끼리의 비밀 약속도 아니고. 로렌은 그것도 거절했다.

"그럼 전 대체 무슨 방법으로 마법사님에 대한 존경심을 표시하면 되는 겁니까!"

그 말을 할 때 남작의 시선이 조금 무서웠다. 완전히 신앙에 심취한 광신도의 눈빛이었다.

뭐, 이것도 며칠 안 가리라. 머리 좀 식고 나면 그만둘 거라고 생각하고, 로렌은 남작을 그냥 내버려 두었다.

그보다는 앞으로의 전개다. 남작의 마법사 부대, 정확히는 남작의 소유가 아니지만 그거야 어쨌든 세상에는 남작의 것이라 알려질 터인 마법사 부대가 오늘 그 맹위를 떨쳤다.

글렘 본인이야 술 취한 김에 즉흥적으로 움직인 용병대지만, 제대로 무장한 기마병 부대는 아무나 가질 수 있는 것이 아니다. 일사불란한 돌격도 그렇고, 훈련도도 높았다. 상당히 이름난 용병대였음이 틀림없었다.

그 용병대를 단번에 녹여 버렸다. 살아남은 목격자야 글렘 혼자뿐이라지만, 글렘 소유의 기마 용병대가 남작가의 저택에 쳐들어가는 걸 본 사람은 많을 터였다. 들어간 사람은 많은데 나온 사람은 없고 글렘의 재산과 영역은 남작의 것이 되었으니 나올 답이 뻔했다.

마법사들이 용병대를 섬멸하는 모습을 제대로 목격한 이가 없기에 소문에는 살이 더 많이 붙을 것이다. 글렘이 의도한 바는 아니었지만, 로어 엘프 마법사의 위명을 떨치는 데는 큰 도움이 되리라고 로렌은 예상하고 있었다.

로렌은 소문의 효과를 극대화하기 위해 남작에게 특별히 자신의 존재를 숨겨달라고 이야기 했다. 그 로어 엘프 마법사 부대를 지휘하는 게 인간 소년이라는 소문이 나버리면, 인간의 가치가 오르면 올랐지 로어 엘프의 위상 신장에는 별 도움이 안 될 테니 말이다.

어쨌든 글렘이 이런 식으로 녹아버렸으니, 혹시나 남작에게 반기를 들 생각이었던 다른 하이어드들도 발톱을 감출 가능성이 높았다. 일이 이렇게 되었으니 당초 로렌의 예상과는 달리 앞으로 꽤 오래 평화적인 나날을 보낼 수도 있었다.

"글렘에게 엎드려 절이라도 하고 싶은 기분이로군."

글렘이 용병대를 끌고 오지 않았더라면 이런 일은 발생하지 않았을 터이니, 로렌은 글렘에게 아무리 감사해도 모자랄 것이다. 그렇다고 글렘에게 금화 한 푼이라도 나눠주지는 않겠지만, 마음만이라도 받아줬으면 좋겠다고 로렌은 속으로만 생각했다.

어쨌든 노예 장사로 한몫 잡은 글렘이었기에, 그의 영역에는 노예 시장이 열려 있었다. 스웬의 것보다는 작지만 합법적이었고, 그래서 노예 중에는 로어 엘프들이 많았다.

남작은 노예 시장의 로어 엘프들을 모조리 저택 별채로 보내줄까 제의했지만, 로렌은 거절했다. 라핀젤이 사는 별채는 이미 북적이고 있었다. 그 많은 노예를 전부 수용할 수는 없었다.

대신 로렌은 로어 엘프 노예들을 해방시키길 청원했다. 애초에 로어 엘프를 해방시키는 것이 라핀젤의 궁극적인 목적이었다. 남작의 권한이 미치는 영역 내라면 굳이 사들일 것 없이 그냥 해방시켜 버리는 것이 나았다.

남작은 로렌의 청원에 그대로 따랐다.

해방된 노예들은 별다른 직업도 없고 기술도 없는 그냥 무직자에 불과했으므로 그들에 대한 사후 대책이 필요했는데, 개발되지 않은 숲 하나를 내어주고 정착촌을 일구도록 했다.

앞으로는 다른 지역에서 어른 로어 엘프를 사들여 해방시키고는 그 정착촌에 보내는 방식을 쓸 수도 있으리라.

로어 엘프들의 운명은 앞으로도 험난할 테지만, 이제는 적어도 스스로 개척할 수는 있게 되었다.

14장
세 거두

"소문이란 건 항상 살이 붙게 마련이지."

소식을 듣고 난 로를웨가 그렇게 말했다. 그리고 그의 말은 맞았다.

하이어드 글렘이 남작가에 끌고 간 병력이 1천으로 불어나 있었고, 남작 본인이 마법을 쏴서 모조리 쓸어버린 것처럼 되어 있었다. 소문은 지나치게 황당무계해져 조금이라도 남삭에 대해 알고 있다면 아예 못 믿을 수준까지 와 있었다.

그러나 글렘이 영역과 재산을 모조리 남작에게 빼앗긴 것은 사실이었다. 이것만큼은 세 거두에게도 위협적으로 느껴지지 않을 수 없는 부분이었다.

세 거두가 힘을 합쳐서 기껏 잘라놓은 남작의 팔다리 중 하나가 다시 붙어버렸으니, 세 거두의 입장에서도 통탄을 금치 못할 사건이었다.

애초에 남작이 뭘 모를 때 다 잘라놓은 거라 지금 와서 또 잘라놓을 수도 없으니 더 골치가 아팠다. 지금 세 거두가 남작에게서 글렘의 영역을 빼앗기 위해서는 전쟁을 걸어야 했다. 하지만 그런 짓을 했다간 발레리에 대공이 개입할 명분을 주게 되니 그럴 수는 없었다.

그래서 이미 선거 유세 기간임에도 불구하고 세 거두가 모임을 갖게 되었다.

하긴 이제 세 거두라 부르기도 애매했다. 실제로는 이 자리에는 로를웨와 스웬, 둘만이 모여 있었다. 필란은 시체가 되었으므로 오지 못했다. 앞으로도 오지 못할 것이고.

그렇다고 두 거두라도 부르기에도 애매했다. 필란의 영역과 사업체를 흡수한 로를웨가 사업체 규모로서는 단순 비교로 스웬의 두 배쯤 되었다. 같은 반열에 놓긴 아무래도 적당하지 않았다.

"멍청한 글렘 놈. 서부 지역을 혼자 먹었다고 우리와 맞먹으려 들더니 우리한테까지 재를 뿌려대면서 털려 나가다니."

이제는 2인자인 스웬이 분통을 터뜨렸다.

스웬 본인은 별로 2인자라는 인식을 갖고 있는 것으로는 보이지 않았다. 스웬은 여전히 로를웨와 동등한 것처럼 행동했다.

로를웨는 그런 스웬이 내심 마음에 들지 않았지만, 겉으로 내보이지는 않았다.

하지만 스웬은 이미 로를웨의 그런 생각을 간파하고 있었다. 그렇다고 여기에서 눈치챈 척 태도를 바꾸면 더 불리해질 거라는 걸 그는 본능적으로 알고 있었다.

'필란을 죽이고 필란의 것을 혼자 다 꿀꺽 삼켜 버린 놈이다. 무슨 수작을 부렸는지는 모르겠지만 나한테도 똑같은 짓을 할 가능성이 높지. 지금 당장은 그렇게 하지 않겠지만……'

언젠가는 반드시 수작을 걸어올 게 틀림없다. 스웬은 확신하고 있었다.

"그거 아나? 델라크가 만든 북부상인연합이란 거 있지 않나?"

"아, 그 떨거지들 모임."

로를웨가 먼저 던진 화두에 스웬은 별거 아닌 듯 대꾸했다. 둘 모두, 속내는 털어놓지 않은 채 아무렇지도 않게 대화를 이어나가고 있었다.

"그 연합을 남작이 지지하는 모양이더군."

"왜 그놈은 자꾸 자기 무덤을 파지?"

"그러게 말이야."

"그 무덤에 던져 넣어야 하는데."

스웬의 말에 로를웨가 킥킥거렸다. 그러나 그 웃음은 길게 이어지지 않고 한숨으로 끝났다.

"그것도 때와 상황이 맞아야 하지."

"그러게 말일세. 그 발레리에 대공의 양녀는 아직 남작의 저택에?"

"눌러앉아 있는 것 같던데."

"하… 빨리 좀 꺼지지."

둘 모두 발레리에 대공의 눈치를 보느라 남작에 대한 대응을 내키는 대로 할 수가 없었다. 아예 저택 별채에 떡 버티고 있는 대공의 소공녀가 그 원인이었다. 뭔가 수작을 걸면 바로 알아차리리라.

더군다나 남작과는 인연이 아예 없었을 마법사까지 동원시켜 지원해 주고 있으니, 두 거두의 입장에서는 눈엣가시가 아닐 수 없었다.

"이번에 글렘의 용병대를 녹여 버린 건 그 마법사겠지?"

"그럴 테지. 달리 없으니."

그들이 가리키는 건 로렌이 아니라 레윈이었다. 로렌이 마법사라는 사실은 둘 다 눈치챘지만, 아직 어린 그것도 인간 소년이 기마병 100기를 단독으로 상대해 섬멸했다고 생각하지는 않았다. 그러니 그 '엄청난 마법사'는 소거법으로 레윈인 셈이 된다.

"우리도 마법사를 사들이는 편이 낫겠지."

로를웨의 말에 스웬은 고개를 갸웃거렸다.

"아니, 그럴 필요는 없지 않을까? 아무리 그래도 그 마법사는 소공녀의 시위일세. 남작을 지켜주는 거라면 앞으로도 나설지도 모르겠지만, 우리를 치러 나오지는 않을 거야. 게다가 마법사가 좀 비싼가? 차라리 일천의 기병대를 사들이는 편이 낫지. 효율이 지나치게 낮아."

스웬답지 않은 달변이었다. 그만큼 로를웨가 마법사를 사들이는 걸 기껍지 않게 여기고 있었다.

하지만 로를웨는 스웬의 말에도 고개를 저었다.

"그래도 만약의 경우라는 걸 생각해야지."

로를웨는 이미 마법사를 살 생각을 굳혔다. 스웬은 직감했다.

그리고 별채의 마법사는 그저 명분일 뿐, 그 마법사의 손에서 뿜어져 나온 불꽃이 자신을 향할 수도 있었다. 거기까지 생각이 닿자, 스웬은 슬며시 웃었다.

"그래, 만약의 경우. 그렇군. 자네 말이 맞아."

지금은 아직 로를웨가 필란의 사업장을 완전히 집어삼키지 않은 상태는 아니었다. 이야기를 듣자하니 밀려 있던 임금까지도 로를웨가 지불해 줬다고 하니, 지금 당장만큼은 로를웨가 동원할 수 있는 현금은 상당히 줄어들어 있을 터였다.

하지만 필란의 사업장이 제대로 돌아가기 시작하면 이야기는 달라진다. 이익을 내고, 그 이익이 더 큰 이익으로 돌아오고, 그런 식으로 로를웨의 시장 지배권은 눈덩이 불어나듯 커질 것이다. 그렇게 되면 스웬 혼자 힘으로는 도저히 손쓸 도리도 없게 된다.

'그전에.'

지금까지 세 거두라는 이름으로 깔아뭉개 왔던 다른 하이어드 상인들의 얼굴이 떠올랐다. 추방당한 놈도 있었고, 자살한 놈도 있었고, 귀가 잘려 노예가 되어버린 놈도 있었다.

강물에 던져진 필란의 시체를 건져 올리는 걸 스웬은 직접 목격했다.

시체는 그의 영역에서 얼마 떨어지지 않은 곳에서 발견되었다. 그때는 그냥 구경거리를 찾아 간 거였지만, 지금은 조금 다른 생각이 들었다.

자신도 그런 처지가 될 수도 있다.

스웬은 마음을 굳혔다.

'죽여야지.'

로를웨와 적대하기로.

"만약의 경우를 대비해서 나쁠 게 없지."

스웬은 웃으며 말했다.

＊　　　　＊　　　　＊

로렌의 생각대로 1개월간은 별일 없이 조용했다.

그러나 실체는 보이지 않지만 흉흉한 소문이 돌고 있었다.

로를웨가 마법사를 모으고 있다더라. 스웬이 군대를 모으고 있다더라.

그리고 그 소문에 가장 큰 영향을 받은 건 남작이었다. 이야기가 어디서 샌 건지, 남작이 북부상인연합을 지지한다는 소문도 알게 모르게 나 있었다. 남작의 입장에서는 두 하이어드가 자신에게 쳐들어올 것이 틀림없다고 생각하는 것도 무리는 아니었다.

이 소문들이 남작이나 로렌에게 나쁘게 작용한 것만은 아니었다.

로를웨와 스웬이 군비 증강에 여념이 없다는 소식에, 델라크를 비롯한 북부상인연합은 남작에게 지원을 아끼지 않았기 때문이었다.

북부상인연합이 북부에서 살아남을 수 있었던 이유는 지리적으로 남작가가 중앙에서 방패막이가 되어주기 때문이다.

남작이 무너지면 다 같이 무너진다. 델라크는 연합 내에서 그런 공감대를 형성시키는 것에 성공했다.

결국 남작까지도 군비 증강을 시작해, 이 그레고리 남작령에는 전쟁의 기운이 짙게 드리워지기 시작했다.

*   *   *

로렌이 읽은 바에 따르면 로를웨나 스웬이 남작을 바로 칠 정도로 상식이 없는 하이어드들이 아니다. 로를웨는 머리가 좋고, 스웬은 감이 좋다. 남작을 쳐서 대공을 불러들일 명분을 줄 이들은 아니다.

애초에 서로 비슷한 힘을 가지고 있었기에 성립되고 있던 세 거두 체제였다. 하지만 역사적으로 세 거두 체제가 성공적으로 지속되는 경우가 드물다.

로마의 1차 삼두정치는 카이사르의 승리로 막을 내렸고, 2차 삼두정치 또한 아우구스투스의 승리로 끝을 보았다. 그리고 그 이전에는 항상 내전이 일어났다.

그러니 남작령에서도 세 거두 사이의 내전이 일어날 차례였다.

로를웨가 마법사를 불러들이는 건 로렌의 마법사 부대를 견제하기 위함이겠지만, 스웬은 더 큰 힘을 손에 넣으려고 하는 로를웨를 위협적으로 느꼈기 때문일 터였다. 로를웨도 스웬이 왜 군사를 모으는지 지금쯤 눈치챘을 거고. 내전은 피할 수 없다.

그렇다면 지금 이상으로 남작이 안전한 때도 달리 없었다. 남작에게 겨누어져 있던 유력 하이어드들의 칼날 끝이 모두 서로를 겨누어진 때이니 말이다. 이는 곧 로렌이 남작의 저택에서 잠시 떠나 있기 가장 좋은 시기라는 의미이기도 했다.

그렇다고 라핀젤이나 레윈, 로어 엘프 제자들을 모두 다 데리고 떠난 것은 아니다. 몸을 빼낸 것은 로렌 혼자였다.

지금 로렌은 델라크의 정보 조직에 의존해서 정보를 모으고 있었다. 이건 좋지 않았다. 델라크에게 유리한 정보만 넘어올 가능성이 높았다.

그래서 로렌온 순도 높은 정보를 손에 넣을 필요를 느꼈다.

이유는 그것뿐만은 아니었다. 아무리 로를웨나 스웬이 남작을 칠 가능성이 낮다 한들, 지금은 남작도 군비 경쟁에 참여해야 할 때였다.

그래야 만약의 사태에도 대비할 수 있고, 나아가 대공이 쳐들어 왔을 때 저항이라도 해볼 수 있다.

하지만 남작은 로렌이 보여준 화려한 마법만 믿고 군비 경쟁을 태만히 하고 있었다.

로렌의 마력은 무한하지 않고, 글렘의 기마병 부대를 태워버릴 때 썼던 주문은 마구 쏴댈 수 없는 성격의 것이었다. 기마병 100기는 단번에 증발시켜 버릴 수 있어도, 200기는 힘들고 500기는 현실적으로 무리였다.

남작이 이대로 그냥 로렌한테만 기대고 있으면 그는 설령 로렌이 최대한 지원해 준다 한들 대공은커녕 스웬조차 제대로 상대할 수 없을 터였다.

그렇다고 로렌이 남작더러 병력 보강 좀 하라고 보채거나 명령을 내릴 수는 없었다. 또 로렌은 남작이 품고 있는 로렌에 대한 과대한 오해를 풀어주고 진실을 알려줄 마음도 없었다.

그렇다면 쓸 수 있는 방법은 하나였다.

남작에게 위기감을 주는 것.

로렌 본인이 잠깐 저택을 떠나 있는 것이 그 수단이었다.

"한 달 정도 다녀오겠습니다."

"알겠습니다."

남작은 흔쾌히 고개를 끄덕였다.

"마법사님의 기대를 배신하지 않도록, 훌륭한 군사를 육성해 내보이겠습니다."

대화만 들으면 로렌이 더 높은 사람처럼 들리니 신기한 일이다.

시간이 지나면 어련히 이런 취급을 그만두지 않을까 했지만, 남작은 여전히 로렌에게 높임말을 쓰고 있었다.

오히려 이젠 로렌 쪽이 더 이상 남작을 말리지 않았다. 말릴 때마다 시간이 증발하니 싫어도 별수 없었다. 다른 사람이 같이 있는 곳에서 높임말을 쓰는 것도 아니고 말이다.

사실 생각해 보면 다른 하인을 사이에 두지 않고 귀족과 독대를 하는 시점에서 이미 로렌은 특별 대우를 받는 셈이었지만, 지금 와서 그런 걸 문제 삼는 사람은 적어도 로렌과 남작 주위에는 없었다.

"주인님을 잘 부탁드립니다."

"심려치 마십시오."

이렇게만 보면 남작이 또 든든해 보인다. 로렌은 픽 한번 웃고는 저택을 뒤로했다.

＊　　　＊　　　＊

로렌이 자리를 비운 동안, 남작령의 상황은 재미있게 돌아가고 있었다.

하이어드 스웬과 하이어드 로를웨는 완벽하게 갈라섰다. 이미 스웬은 로를웨를 치기 위한 명분 만들기에 들어갔으며, 거기엔 당연히 필란의 살해 의혹도 포함되어 있었다.

"로를웨는 내 친구 필란의 사업체를 집어삼키기 위해 그를 납치하고 협박하고 고문한 끝에 살해했습니다! 같은 하이어드를 오로지 자신의 욕심을 채우기 위해 죽여 버린 것입니다! 이것이 엘프가 할 짓입니까!!"

로를웨는 말도 안 되는 흑색 선전이라고 일축했지만, 정황 증거가 워낙 잘 맞아드는 데다 로를웨가 필란을 살해한 건 사실이니만큼 반박할 근거가 부족했다. 여론은 점점 스웬 쪽으로 기울고 있었다.

여론전에서 불리해진 로를웨는 곧장 반격에 들어갔다. 로를웨가 공격할 만한 약점은 당연히 스웬의 불법 노예 시장에 관한 것이었다.

스웬이 자신의 노예 시장에서 인간을 사고판다는 건 이미 공공연한 사실이었고 하이어드 엘프가 실권을 쥔 남작령에서는 파급력이 떨어졌기 때문에, 로를웨는 스웬이 하이어드의 귀를 잘라 로어 엘프로 둔갑시켜 판다는 의혹을 제기

했다.

처음에는 그냥 의혹일 뿐이었으나, 몰락한 하이어드 글렘이 귀가 잘린 채 스웬의 노예 시장에서 발견되면서 사실로 밝혀졌다.

"스웬은 같은 하이어드도 노예로 파는 악질 노예 상인입니다! 우리 옛 동지 글렘을 보십시오!! 참혹하게 잘려 나간 귀를 보십시오!! 그는 로어 엘프가 아닙니다!! 왜 이렇게 되고 만 걸까요? 이게 다 스웬이 한 짓입니다!!"

실은 '로어 엘프' 글렘은 로를웨가 은밀히 사람을 써서 귀를 잘라다 노예 시장에 밀어 넣은 것이고, 스웬도 그 점을 지적하며 항변했지만 악화된 여론은 스웬으로부터 등을 돌렸다.

어쨌든 이로써 둘 모두 서로를 칠 명분을 손에 넣었다. 두 거악은 각자를 정의로, 서로를 악으로 규정했다. 말싸움으로 승패를 판가름할 시기는 이미 지났다.

남은 것은 활과 화살의 대화뿐이었다.

*　　　　　*　　　　　*

본래 하이어드 글렘의 영역이었던 남작령 서부.

한편 로렌은 서부 지역의 중심 도시인 웨스텔리에 도착해 있었다.

남작의 저택까지는 이제 하루만 더 가면 된다. 그러나 로렌은 저택으로 바로 향하지 않고 웨스텔리에서 정보 수집에 나섰다.

"아주 적절한 시기에 도착한 것 같군."

웨스텔리를 오가는 상인이나 용병들로부터 들은 정보를 취합해 내려진 결론은 그러했다.

로렌이 세 거두에게 뿌린 이간의 씨앗은 싹을 틔고 아주 잘 자라 열매까지 맺은 상태였다.

남작령의 하이어드 집단은 로를웨 편과 스웬 편으로 갈려 싸우기 시작했다. 본래 세력이 더 컸던 건 로를웨 쪽이었지만, 필란을 죽이고 그 사업체를 집어삼킨 건에 대한 반감이 더 큰 건지 두 세력 간에는 절묘하게 균형이 맞아들고 있었다.

로를웨와 스웬은 전쟁을 위한 모든 준비를 끝내놓고 서로에 대한 악의를 확인했음에도 불구하고 서로가 만만한 상대가 아님을 알기에 섣불리 움직일 수 없을 것이다. 그렇기에 그들에게는 슬쩍 등을 밀어줄 사람이 필요하다.

로렌이 그 역할을 할 수 있을 것이다.

남작 후계 선거까지는 앞으로 한 달하고도 조금 남아 있다. 시기상 두 세력이 맞붙기에는 지금이 가장 적절하다. 물론 두 세력의 입장이 아니라 로렌의 입장에서 그렇다.

'아무래도 저택으로 돌아가자마자 바로 공작을 시작해야 할 것 같군.'

모든 것이 무르익었다. 이제 추수를 할 때였다.

*　　　　*　　　　*

로렌을 자리를 잠시 비웠던 동안 남작은 꽤 충실하게 병력 증강을 해둔 편이었다.

징집병을 일천 명 모아 장창병 일개 대대를 편성했으며, 일백 명의 용병대를 고용해 십장으로 배속해 지휘를 맡겼다. 훈련이 많이 필요해 징집병으로 편성하기 어려운 궁병대나 기병대는 용병으로 꾸려 채워 넣었다.

이 정도면 다소 아쉽긴 해도 나름 망치와 모루 전술을 사용할 수 있는 기반은 갖췄다고 볼 수 있었다. 여기에 로렌의 마법사 부대가 포병 개념으로 붙으면 로를웨나 스웬을 제외한 어중간한 하이어드는 쉽게 덤벼들 수 없는 병력 구성이 완성된다.

본래 목적이 로를웨나 스웬에 대항할 만한 전력을 갖추는 것이었다는 걸 생각하면 아직 부족하기는 하지만, 이 병력을 구성시키는 데 한 달 남짓한 기간밖에 걸리지 않았다는 점을 감안하면 상당히 괜찮은 결과물이다.

'역시 남작은 하면 되는 인재로군.'

12살짜리 평민 소년이 다 큰 귀족 중년 남성을 보고 생각은 아니지만, 어쨌든 로렌은 만족스럽게 생각했다.

"시간은 아직 좀 많이 남았으니, 징집병 위주의 훈련에 시간을 투자하십시오. 장창병 부대는 훈련이 생명입니다. 가장 선두에 서는 자들에게는 두 배의 급료와 가장 좋은 장비를 지급하십시오."

지구의 역사 속 제국인 신성로마제국에서 주로 고용되어 활약한 용병 부대가 그런 식으로 운용되었다. 역사적으로 이미 실용성이 입증된 운용 방식이니 문제없을 것이다.

비록 마법사의 존재로 인해 포병이 한 세대 더 빨리 등장한 셈이라고는 하지만, 마법사가 그렇게 흔한 존재인 것도 아니고 말이다.

"알겠습니다, 마법사님."

"장기적으로 생각하면 궁병과 기병의 조련에도 힘을 쏟는 것이 좋겠습니다만……."

"그게… 지금 당장은 어렵습니다. 기본적으로 글렘의 영역이었던 서부 지역은 개척 농장이 대부분을 차지하는지라, 당장 활과 말을 다룰 줄 아는 주민이 적습니다."

남작은 면목 없는 듯 말했다. 사냥꾼이나 목동이라면 어릴 때부터 활이나 말을 다룰 줄 아니 쉽게 궁병이나 기병으로 양성할 수 있지만, 농사꾼이 대부분인 서부 지역에서는 이런 인재가 부족했다.

"북부상인연합이 제게 도움을 주고는 있습니다만, 보병 전력 이외에는 징집을 꺼리고 있습니다. 아직 제 세력이 부족한지라 억지로 징집할 수도 없고요."

북부 지역은 아직 개척이 덜 되어 사냥꾼이 많아 궁병대를 손쉽게 꾸릴 수 있지만, 북부상인연합도 호구가 아니다. 아무리 지금은 자기들 편인 남작 상대라지만, 앞으로의 일이 어떻게 될지 모르는데 자신들의 주 전력을 쉽게 넘겨줄 리 만무했다.

"지금 당장 급한 게 아니니 지나치게 무리할 필요는 없습니다. 어차피 상황이 위험해지면 그들도 궁병과 기병을 빌려줄 것입니다. 남작님과 북부 지역은 이와 입술 같은 관계이니, 북부상인연합도 그런 상황에서도 병력을 아끼진 않을 겁니다."

"이와 입술… 훌륭한 비유로군요."

아무 생각 없이 중국 사자성어에서 빌려온 비유에 남작이 감탄하는 것을 보고 로렌은 다소 양심의 가책을 느꼈다. 그래서 그는 칭찬을 못 들은 체하고 계속해서 조언했다.

"차라리 처음부터 양성하는 것도 괜찮겠지요. 현재 양성

중인 창병대는 그대로 두고, 이제부터 징집할 때 지원자를 받아서 훈련시키는 것이 좋을 겁니다."

물론 그게 쉽지는 않을 터였다. 최소한 5년, 일반적으로는 10년 이상은 훈련시켜야 제대로 된 궁병과 기병을 손에 넣을 수 있으니까. 훈련도 공짜로 이뤄지는 게 아니고, 그동안의 유지비를 감당해야 한다. 이래서 다들 용병을 쓰는 거긴 하다.

"알겠습니다, 마법사님."

하지만 남작은 두말없이 고개를 끄덕였다. 앞으로 몇 달, 몇 년 정도가 아니라 10년 이상을 보고 군대를 양성하겠다는 의지가 있다는 의미로 충분히 받아들일 수 있는 대답이었다. 로렌으로서도 흡족했다.

*　　　　*　　　　*

깊은 밤, 로렌은 저택을 나섰다. 조지 2세의 등에 올라타, 밤길을 내달렸다.

밤이슬을 맞으며 로렌은 1차 세계대전에 대해 생각했다. 유럽에서의 사소한 분쟁이 전 세계에 민폐를 끼친 그 전쟁 말이다.

그 대전쟁의 발단은 단 한 사람 때문이었다. 그는 국가의

지도자도 아니었으며, 자본가나 종교인도 아니었다. 군인조차 아니었다. 민족주의에 물들어 테러리즘에 투신한 18살의 청년이 저지른 짓이 인류 최대의 비극 중 하나를 일으켰다는 것은 어찌 보면 신기하기까지 하다.

그 청년이 저지른 짓은 그저 불씨에 불과했다.

그러나 주변에는 이미 화약이 충분히 쌓여 있었고, 작은 불씨로도 큰 폭발을 일으킬 수 있는 환경이 만들어져 있었다.

그런 의미에서는 대전쟁의 책임을 그 청년 하나에게만 물리는 것은 지나치게 가혹한 처사이리라.

이미 갈등이라는 화약을 별다른 안전장치도 없이 창고 안에 가득 쌓아놓았던 당시의 유럽인들 전체에게 책임을 돌리는 것이 옳다.

"그래, 작은 불씨."

거의 다 도착했다. 로렌은 조지 2세의 등 뒤에서 내려 기다리게 했다. 여기서부터 말발굽 소리를 내는 건 위험했다.

로렌이 향하는 목적지는 작년 가을에 추수한 밀이 가득 채워져 있는, 원래 필란의 소유인 곡물 창고였다.

그곳을 지키는 건 용병 두 명에 불과했다. 조금 떨어진 곳에 용병대 한 부대가 주둔하고 있긴 하지만, 다들 곤히 잠들어 있을 터였다.

경계하러 나온 용병 둘도 꾸벅꾸벅 졸고 있었다. 사전에 입수한 정보대로였다.

필란의 사업체를 빼앗았다고 로를웨를 심하게 비난한 스웬이지만, 사실 스웬도 혼란스러운 틈을 타 필란의 사업권 몇 개를 집어삼켰다.

비록 로를웨처럼 체계적으로 움직이지는 않았지만, 소규모 곡물상을 몇 개 사들여 필란이 독점하고 있던 지역을 밀어내는 형식으로 큰 이득을 거두었다.

그런데 이 곡물 창고에 지금 경비를 보고 있는 건 스웬의 용병들이었다. 필란의 용병대가 새 주인을 찾아 떠난 틈을 타, 스웬이 자신의 용병대를 꽂아 넣은 것이다. 그래서 이 곡물 창고는 장부상으로는 로를웨의 소유지만, 실질적으로 곡물을 빼고 넣는 건 스웬 마음대로였다.

로를웨가 별다른 보복 조치를 하지 않은 게 이상할 정도의, 사실상 강도 짓이라 해도 과언이 아닐 처사였다.

"이상한 건 자연스럽게 만들어야지."

로렌은 중얼거렸다. 그 중얼거림이 화염 폭발의 주문 대신이 되었다. 그의 옆에 작은 불덩이가 허공에 둥실 떠올라, 스웬의 곡물 창고를 향해 똑바로 날아갔다.

곧이어 폭발이 일어났다.

쾅!

꾸벅꾸벅 졸고 있던 경비병들이 놀라 두리번대는 광경이 보였다. 그러나 이미 모든 상황은 끝났다.

임무를 성공시킨 로렌은 빠른 속도로 밤의 어둠 속으로 사라졌다. 그를 목격한 이는 없었다.

　　　　*　　　　　　　*　　　　　　　*

로를웨가 마법사를 새로 고용했다는 사실을 모르는 사람은 거의 없다. 그리고 스웬의 곡물 창고 하나가 마법에 의한 폭발로 소멸했다.

그 곡물 창고의 소유주는 본래 필란으로, 현재는 장부상으로는 로를웨의 소유물이지만 지금은 스웬이 멋대로 곡물을 꺼내다 쓰고 있었다.

그러니 마법을 사용해 곡물 창고를 습격한 건 로를웨일 것이다. 범죄의 동기, 수단, 모든 게 범인이 로를웨임을 가리킨다. 피상적으로 판단한다면 누구라도 그렇게 결론을 내릴 수 있었다.

머리 좀 쓸 줄 아는 자라면 너무 쉽게 도출되는 결론에 다시 한 번 생각을 해보기라도 하겠지만, 스웬은 머리가 좋은 타입의 인간은 아니었다.

평소라면 대화 몇 마디로 오해를 풀고 넘어갈 수도 있는 일이었다. 그러나 이미 로를웨와 스웬 사이에는 화약이 가득 뿌려져 있었고, 작은 불씨가 폭발적으로 커지는 건 당연한 일이었다.

평소라면 날카로운 감으로 다른 누군가가 개입했음을 충분히 눈치챘을지도 모르지만, 이미 머리에 피가 오른 스웬은 평소와는 달랐다.

잔뜩 곤두서 있던 신경은 쉽게 인내를 바닥나게 만들었고, 그 자리에는 분노가 대신 차올랐다.

"죽여 버리겠다, 로를웨! 네놈이 감히 날 얕봐!!"

로를웨가 자신에게 시비를 건 것이라고 판단한 스웬은 신속하게 행동했다.

마법사를 새로 영입한 로를웨를 치기 위해, 스웬은 이미 솜씨 좋은 궁병대를 고용해 둔 참이었다. 마법이 닿지 않은 먼 거리에서 마법사를 저격할 임무를 맡은 장궁병은 물론, 빠른 속도로 기습과 이탈을 반복해 마법사의 마력을 소진시킬 궁기병도 배치되어 있었다.

전쟁 준비는 이미 마쳐 있었고, 스웬의 명령이 떨어지면 언제라도 공격이 가능했다.

그리고 그 명령이 지금 내려졌다.

아직 오전 6시. 머리에 열이 오르긴 했지만 머리 좋은 로를웨가 생각할 시간을 많이 주면 안 된다는 판단하에 새벽부터 공세를 가했다.

선전포고 같은 귀족적인 절차 따위, 하이어드에게는 어울리지 않았다. 말 그대로 기습이었다.

그런 스웬의 판단은 좋은 결과를 낳았다. 제대로 된 방어 병력이 도착하기 전에 스웬의 병력은 로를웨의 영역으로 넘어가 경계 병력을 소멸시키고 적진에다 전장을 펼치는 데 성공했다.

정보가 몇 시간 늦었던 로를웨가 병력을 수습하고 전선에 나온 것은 그날 정오의 일이었다. 곧 여름이다. 뙤약볕이 정수리에 일직선으로 꽂히는 아주 맑은 날이다.

대치를 오래 할 필요는 없었다. 평민의 전쟁이다. 자질구레한 절차를 따질 이유도 없었다. 상대를 죽이거나 누군가가 항복하면 끝난다. 전쟁의 룰로서는 심플했다.

"산개해서 돌격하라!"

"일점 돌파."

정반대의 명령이 각 세력의 용병대에게 내려졌다.

로를웨 진영의 마법사를 두려워한 스웬은 마법에 대한 피해를 최소화하기 위해 궁기병을 산개시켰고, 반대로 스웬의 장궁병을 위협적으로 생각한 로를웨는 두꺼운 흉갑을 입고 방패를 든 창기병 부대를 스웬이 있는 본진으로 돌진시켰다.

그렇게 본격적으로 회전이 펼쳐지기 시작했다.

*　　　　*　　　　*

"둘 다 판단이 빠르군. 좋은 일이야."

로렌은 라핀젤이 만들어준 샌드위치를 우물거리며, 언덕 위에서 두 하이어드 군대의 회전을 내려다보고 있었다. 거리는 꽤 멀기 때문에 여기까지 눈먼 화살이 날아오지는 않을 터였다.

라핀젤의 요리 솜씨는 많이 늘었다. 비록 빵은 아직 굽지 못해 마을에서 사와야 했지만. 그리고 보니 치즈도 사온 것이고 햄도 그렇긴 하지만, 어쨌든 샌드위치의 맛은 나쁘지 않았다.

로렌은 망원경에 눈을 가져다 대었다. 로를웨의 마법사 용병이 산개한 스웬의 궁기병대를 상대로 마법 화살을 꽂아 넣는 광경이 마침 보였다.

산개한 기병에게 화염 폭발을 쓰는 것과 마법 화살을 쓰는 것은 그다지 차이가 없다. 어차피 한 발에 한 기만 노릴 수 있다면 회피당할 위험이 있고 소모되는 마력이 큰 화염 폭발보다는 속도가 빠른 마법 화살이 낫다.

그렇긴 해도 저래서야 포병 개념으로 운용하는 것에 의의가 있는 마법사를 쓸 이유가 없다. 차라리 그냥 궁병대를 쓰고 말지.

그렇게 몸값이 비싸다는 마법사의 가슴팍에 화살이 꽂혔다. 방패를 든 보병대의 보호를 받은 장궁병이 마법사를 저격해 낸 것이다.

"전쟁에서는 스웬이 한 수 더 앞서는 것 같군."

로를웨의 창기병이 두꺼운 중갑을 믿고 스웬의 본대를 향해 돌격했지만, 스웬 본인부터가 가벼운 경장으로 말을 타 기동력을 확보하고 경기병대와 함께 움직이고 있으니 큰 의미가 없었다.

물론 창기병들이 돌격할 때마다 스웬의 보병들이 무참히 짓밟히고 있었지만, 보병 뒤에 도사리고 선 궁병들이 화살을 쏴 반격하고 옆으로 돌아온 궁기병대가 창기병들에게 피해를 계속해서 누적시키고 있었다.

하지만 로를웨 측도 만만치 않았다. 창기병대가 돌격해서 확보한 지역에 쇠뇌병들이 달려가 말뚝 달린 방패를 땅에다 꽂아 넣고 있었다.

스웬의 궁기병이 쇠뇌병을 방해하기 위해 기동했지만, 창기병이 막아서고 이미 장전된 쇠뇌를 발사해 저항했기 때문에 실패했나.

완전히 자리 잡은 쇠뇌병 부대의 일제사격은 스웬군에게는 상당히 위협적이었다. 궁기병의 경장으로는 쇠뇌 사격을 완전히 막아낼 수 없고, 말 위에서 쓰는 활로는 말뚝 달린 방패도 꿰뚫어낼 수 없었다.

그런 쇠뇌병을 밀어내야 하는 장궁병은 창기병의 돌격으로 지속적으로 위협당하고 있었기 때문에 효과적으로 견제할 수가 없었다.

조준 사격이 아닌 곡사로 사거리를 확보하기는 했지만 위력이 부족한 화살로는 이미 방패 뒤에 숨은 쇠뇌병에게 큰 피해를 주지 못했다.

그 탓에 로를웨의 부대는 피해는 계속 입고 있긴 했지만 어쨌든 전선을 밀어내고 있었다. 로를웨와 마법사 부대는 점점 더 안전해지고 있었고, 기동의 여지가 없는 막다른 곳으로 몰아붙이면 마법사의 화염 폭발이 스웬의 부대에 큰 피해를 입힐 수도 있었다.

순간적인 판단은 스웬이 좋았지만 로를웨도 돌파구를 찾았다. 괜히 과거 세 거두로 꼽힌 것이 아닌 것 같았다.

로렌은 마법으로 물을 끓여 간단히 차를 마셨다. 찻잎은 라핀젤이 챙겨주었다.

발레리에 대공령의 특산품 좀 하나로, 라핀젤은 귀족집 자식답지 않게 차에 색이 없어질 정도로 여러 번 달여 마셨다. 하지만 로렌에게 준 건 한 번도 달이지 않은 첫 찻잎이었다.

로렌이 진한 차를 마시는 동안, 스웬 측의 장궁병이 날린 화살에 또 한 명의 마법사가 죽었다. 창기병과 쇠뇌병을 뚫고 날아온 화살에 꿰뚫린 것이다.

거의 우연에 가까운 저격이었다. 책상 위에서 워 게임을 할 때는 일어날 리 없는 일이지만, 실제 전쟁에선 간혹 이런 식으로 말도 안 되는 일이 벌어지고는 한다.

로를웨의 마법사는 불과 10명. 두 명이 죽었으니 이제 8명이다. 한 명씩 죽을 때마다 확연하게 불리해진다.

마법사의 죽음을 확인하자, 전선이 뒤로 물려지는 것에 불안해하던 스웬의 용병대가 환호성을 내질렀다. 사기 충천한 보병대가 방패로 땅을 두들겨 소리를 냈다.

그 소리를 들은 로를웨의 용병대는 사기가 떨어졌다. 애초에 마법을 통한 섬멸을 승리의 전제 조건으로 삼고 있었는데, 마법사의 숫자가 줄면 그만큼 승리할 가능성이 적어진다. 사기가 떨어지는 것도 무리는 아니었다.

"퇴각! 퇴각하라!!"

결국 버티지 못한 쪽은 로를웨였다. 질서 정연한 퇴각이었다.

애초에 진신을 밀고 있던 쪽이 로를웨 측이있기에 퇴각이 그렇게까지 어렵지는 않았다. 창기병이 뒤를 지키는 새 쇠뇌병들이 먼저 빠지고, 방패를 든 보병들이 앞으로 나서서 아군을 보호했다.

스웬의 장궁병들은 보병보다 발이 느리고, 궁기병의 화력만으로는 창기병들을 제압할 수 없다. 앞으로 나서면 마법사들의 마법 화살에 꿰뚫리니, 궁기병들도 조급하게 도망치는 적들을 쫓을 수 없었다.

그렇게 한 번의 회전이 끝이 났다.

로렌도 언덕에서 일어났다. 이제 더 먹을 게 없었다.

*   *   *

스웬도 그렇고 로를웨도 그렇고, 기존 용병대를 다루는 전투에 있어서는 상당한 수준에 올라선 것으로 보였다.

남작 가문을 세울 때 공신들이었다고 하더니, 괜히 그런 말을 하는 건 아닌 것 같았다. 자금적인 면이나 정책적인 면뿐만 아니라, 군사적인 면에 있어서도 저들이 꽤 활약을 해주었다고 짐작할 수 있었다.

문제는 로를웨가 마법사 부대를 다루는 데 그리 익숙하지 못하다는 점이다.

로를웨가 대공령에서부터 어렵게 섭외해 왔다는 마법사들의 수준이 그리 높지 못한 것도 컸다.

자신의 목숨이 위험한데도 마법 화살조차 즉시 시전을 못 하고, 회복 주문도 사용할 수 없는 것 같았다. 아마 화염 폭발 을 사용하려면 과장 좀 섞어서 한나절쯤은 주문을 외워야 할 것이다.

그에 비해 스웬은 생각보다 마법사에 대한 대응이 괜찮았 다.

별다른 변수가 없다면 이번 전쟁은 스웬의 승리로 끝날 것 이다. 전쟁에는 항상 생각지도 못한 변수가 생긴다지만 그런 게 반드시 생길 거라고 기대하는 것도 이상하다.

둘 중에 누가 이기든 큰 상관은 없지만, 가능하다면 전쟁 을 오래 질질 끌어가며 서로 병력과 자원을 소모해 주었으 면 하는 로렌의 입장에서는 그리 좋지만은 않은 흐름이었 다.

'자아, 어쩐다.'

여기에서 한 번 더 개입하는 건 그리 좋은 판단은 아니었 다. 로렌에게는 지금 상황도 불리한 건 아니었으니, 무리하게 손을 댈 이유도 없었다.

"로를웨는 머리가 좋은 남자다. 돌파구를 찾겠지."

로렌은 이제 그냥 로를웨와 스웬의 전쟁에는 신경을 끄기 로 마음먹었다. 그보다는 두 거두가 신나게 서로의 전력을 깎 아먹고 있을 때, 남작의 전력을 증강시키는 게 그에게 더 중요했다.

　어쨌든 로를웨와 스웬이 가진 역량은 오늘 어느 정도 파악했으니, 이렇게 멀리까지 발걸음을 옮긴 보람은 있었다.

『전생부터 다시』 3권에 계속…

초대형 24시 만화방

신간 100%, 샤워실, 흡연실, 수면실(침대석), 커플석, 세탁기 완비

▪ 시흥 정왕25시점 ▪

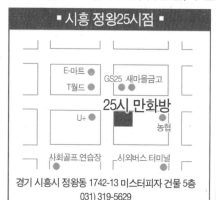

경기 시흥시 정왕동 1742-13 미스터피자 건물 5층
031) 319-5629

▪ 강북 노원역점 ▪

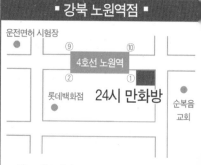

서울 노원구 상계동 340-6 노원역 1번 출구 앞 3층
02) 951-8324 (화용빌딩 3층)

▪ 일산 정발산역점 ▪

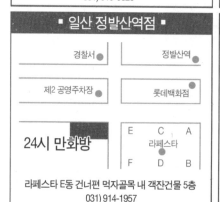

라페스타 E동 건너편 먹자골목 내 객잔건물 5층
031) 914-1957

▪ 일산 화정역점 ▪

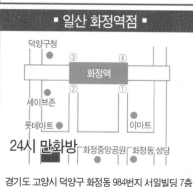

경기도 고양시 덕양구 화정동 984번지 서일빌딩 7층
031) 979-4874 (서일사우나 건물 7층)

▪ 부천 역곡역점 ▪

역곡남부역 기업은행 건물 3층
032) 665-5525

▪ 부평역점 ▪

(구) 진선미 예식장 뒤 한신포차 건물 10층
032) 522-2871

보신제일주의

FANTASTIC ORIENTAL HEROES

김용진 新무협 판타지 소설

황실 다음가는 권력을 지녔다고 하는
천문단가(千文團家)에서 오대독자가 태어났다.
그리고 그 아이는 튼튼하게 자라났다.
…굉장히 튼튼하게.

『보신제일주의』

"다 큰 어른들도 하기 힘들어하는 수련인데
공자께서는 요령도 피우시지 않는군요. 대단합니다."

"건강하게 오래 살려면 해야 하는 일이니까요."

취미는 삼 뿌리 씹기, 약탕기는 생활필수품!
그리고 추구하는 건 오로지 보신(保身)!
하지만… 무림의 가혹한 은원은 피할 수 없다.

"각오완료(覺悟完了)다. 살아남아 주마!"

Book Publishing CHUNGEORAM

유행이 아닌 자유추구 -
WWW.chungeoram.com

철순 장편소설
FUSION FANTASTIC STORY

괴물 포식자

지구 곳곳에 나타난 차원의 균열.
그것은 인류에게 종말을 고하는 신호탄이었다.

『괴물 포식자』

괴물을 먹어치우며 성장한 지구 최강의 사내, 신혁돈.
그는 자신의 힘을 두려워한 인류에 의해
인류의 배신자라는 낙인이 찍히고 죽게 되는데…

[잠식이 100%에 달했습니다.]
[히든 피스! 잠들어 있던 피닉스의 심장이 깨어납니다.]

불사의 괴물, 피닉스의 심장은
신혁돈을 15년 전으로 회귀하게 한다.

먹어라! 그리고 강해져라!
괴물 포식자 신혁돈의 전설이 시작된다!

미러클
테이머

인기영 장편소설
FUSION FANTASTIC STORY

MIRACLE
TAMER

이계로 떨어져 최강, 최고의 테이머가 되었다.
그러나… 남은 것은 지독한 배신뿐.

배신의 끝에서 루아진은 고향, 지구로 되돌아오게 되는데……
몬스터가 출몰하기 시작한 지구!
그리고 몬스터를 길들일 수 있는 테이머 루아진!
그 둘의 조합은……?

『미러클 테이머』

바야흐로 시작되는
테이머 루아진과 몬스터들의 알콩달콩한
대파괴의 서사시!!

Book Publishing CHUNGEORAM

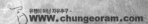

유행이 아닌 자유추구 -
WWW.chungeoram.com

GRAND SLAM
그랜드슬램

FUSION FANTASTIC STORY

자미소 장편소설

2016년의 대미를 장식할 최고의 스포츠 소설!!

Career record : 984W 26L
Career titles : 95
Highest ranking : No.1(387weeks)
Grand Slam Singles results : 23W
Paralympic medal record : Singles Gold(2012, 2016)

약 십 년여를 세계 최고로 군림한 천재 테니스 선수.
경기 내내 그의 몸을 지탱하고 있는 것은…… 휠체어였다.

『그랜드슬램』

휠체어 테니스계의 신, 이영석(32).
그는 정상의 자리에서도 끝없는 갈망에 사로잡혀 있었다.

"걷고 싶다, 뛰고 싶다. …날고 싶다!!"

**뛸 수 없던 천재 테니스 선수
그에게, 날개가 달렸다!!!**

Book Publishing CHUNGEORAM

유행이 아닌 자유추구 -
WWW.chungeoram.com

GAME BALL

게임볼 설경구 장편소설
FUSION FANTASTIC STORY

무명의 야구인이었던 남자,
우진이 펼치는 야구 감독으로서의 화려한 일대기!

『게임볼』

"이 멤버로 우승을 시키라고?"

가상 야구 게임,
게임볼을 통해 인생 역전을 꿈꾸는

한 남자의 뜨거운 행보에 주목하라!

Book Publishing CHUNGEORAM

유행이 아닌 자유추구 -
WWW.chungeoram.com

FUSION FANTASTIC STORY

서산화 장편소설

Miracle Direction

기적의 연출

천재 영화감독, 스크린 속 세상을 창조하다!

『기적의 연출』

대문호 신명일과 미모로 손꼽히던 여배우 김희수의 아들 신지호.
일가족은 불운한 사고로 인해 크나큰 비극을 겪는다.
이 사고로 섬광 기억(Flashbulb memory)이라는 능력을 얻게 된 그 순간!
그의 모든 게 달라졌다.

"배우의 혼을 이끌어내고, 관중의 영혼을 붙잡아야 합니다.
그게 제 목표입니다."

완전한 감독을 꿈꾸는 신지호.
이제 그의 영화가, 세상을 홀린다!